大家小书

郑敏 著

诗的魅力

——郑敏谈外国诗歌

北京出版集团
文津出版社

图书在版编目（CIP）数据

诗的魅力：郑敏谈外国诗歌 / 郑敏著. — 北京：
文津出版社，2020.12（2024.7重印）
（大家小书）
ISBN 978-7-80554-738-1

Ⅰ. ①诗… Ⅱ. ①郑… Ⅲ. ①新歌研究—国外 Ⅳ.
① I106. 2

中国版本图书馆 CIP 数据核字（2020）第 168729 号

总 策 划：安 东 高立志 特约策划：韩慧强
责任编辑：高立志 罗晓荷 责任印制：陈冬梅
装帧设计：金 山

·大家小书·
诗的魅力
——郑敏谈外国诗歌
SHI DE MEILI
郑敏 著

出 版 北京出版集团
文津出版社
地 址 北京北三环中路6号
邮 编 100120
网 址 www.bph.com.cn
总 发 行 北京出版集团
印 刷 北京华联印刷有限公司
经 销 新华书店
开 本 880 毫米 ×1230 毫米 1/32
印 张 10.25
字 数 177 千字
版 次 2020 年 12 月第 1 版
印 次 2024 年 7 月第 2 次印刷
书 号 ISBN 978-7-80554-738-1
定 价 56.00 元

如有印装质量问题，由本社负责调换
质量监督电话 010-58572393

总　序

袁行霈

　　"大家小书"，是一个很俏皮的名称。此所谓"大家"，包括两方面的含义：一、书的作者是大家；二、书是写给大家看的，是大家的读物。所谓"小书"者，只是就其篇幅而言，篇幅显得小一些罢了。若论学术性则不但不轻，有些倒是相当重。其实，篇幅大小也是相对的，一部书十万字，在今天的印刷条件下，似乎算小书，若在老子、孔子的时代，又何尝就小呢？

　　编辑这套丛书，有一个用意就是节省读者的时间，让读者在较短的时间内获得较多的知识。在信息爆炸的时代，人们要学的东西太多了。补习，遂成为经常的需要。如果不善于补习，东抓一把，西抓一把，今天补这，明天补那，效果未必很好。如果把读书当成吃补药，还会失去读书时应有的那份从容和快乐。这套丛书每本的篇幅都小，读者即使细细地阅读慢慢地体味，也花不了多少时间，可以充分享受读书的乐趣。如果把它们当成补药来吃也行，剂量小，吃起来方便，消化起来也容易。

我们还有一个用意，就是想做一点文化积累的工作。把那些经过时间考验的、读者认同的著作，搜集到一起印刷出版，使之不至于泯没。有些书曾经畅销一时，但现在已经不容易得到；有些书当时或许没有引起很多人注意，但时间证明它们价值不菲。这两类书都需要挖掘出来，让它们重现光芒。科技类的图书偏重实用，一过时就不会有太多读者了，除了研究科技史的人还要用到之外。人文科学则不然，有许多书是常读常新的。然而，这套丛书也不都是旧书的重版，我们也想请一些著名的学者新写一些学术性和普及性兼备的小书，以满足读者日益增长的需求。

"大家小书"的开本不大，读者可以揣进衣兜里，随时随地掏出来读上几页。在路边等人的时候，在排队买戏票的时候，在车上、在公园里，都可以读。这样的读者多了，会为社会增添一些文化的色彩和学习的气氛，岂不是一件好事吗？

"大家小书"出版在即，出版社同志命我撰序说明原委。既然这套丛书标示书之小，序言当然也应以短小为宜。该说的都说了，就此搁笔吧。

把诗的内在结构营造打开给读者看

——读郑敏先生《诗的魅力》

蒙　木

中国新诗的历程并不长，如果从1920年胡适《尝试集》出版算起，今年正好百年。郑敏先生在文章中多次对新诗百年进行梳理。郑先生认为当初"我手写我口"是对于汉语诗歌传统的打断；1950年到1979年政治术语化对于中国新诗是又一次打断。所以，"今天，年轻的诗人与理论家多只指望向西方学习"，如何匡正这种现象呢？

郑敏先生对于新诗发展前途的思考，多结集在《新诗与传统》这本"大家小书"中。《新诗与传统》着重谈了郑敏先生自己对于诗歌写作的体悟，以及她认为新诗如何向古典诗歌学习。但我们若要读懂郑敏先生的理论，不可忽视的是她深厚的西方诗学素养。她自叙她大学前后诗歌欣赏的重点是里尔克和华兹华斯；她在20世纪80年代系统介绍并移译过美国当代诗歌，她精熟于国外的结构和解构理论。郑先生对于西方诗歌的阐述同样是新诗爱好者们需要理解和借鉴的。

本书分为上下两编，上编着重理论和诗歌史；下编着重几位大诗人的个案分析与赏鉴。虽然上及浪漫主义和意象派诗歌，但本书的重点是现代派诗歌，本书第一篇《诗的魅力的来源》便是从艾略特讲起。该文提出诗的魅力首先是它使读者惊奇；另一个来源是充满感性魅力与理性光辉的意象；接着是诗的内在结构……关于现代派诗歌的阅读问题，一直是中国新诗界面临的诘难之一，作为一个普通读者究竟该如何提高自己的素养，进入一首现代派诗歌内部进行欣赏？"物我关系""诗的内在结构""想象力的流动""哲学境界""人文主义的理想"是郑敏诗学中几个特别重要的关键词。下编几篇赏析文章，是郑敏先生用她的诗学理论解读现代名诗的具体个案。希望本书能够助益于读者获得自己读外国诗歌的大致门径。

诗的内在结构，又是郑敏诗学中关键之关键，因为她认为内在结构是诗与散文的分野。这种内在结构是一首诗的展开和运动的路线图，分为两种，一种是展开式结构，一种是高层式结构。展开式结构分为层层展开和突然展开，以及第三种展开——在结尾的高潮中突然提出一个全新的思想，但并不发挥，突然止住，而留下无限的空间，使读者继续思考。高层式结构又称为多层结构，就是在写实的底层之上建立另一种奇特的结构。结构的形成是一种思想和艺术的升华。郑敏先生分析里尔克的《豹》，弗洛斯特的《雪夜林中小停》《修墙》，艾略特的《荒原》，约翰·阿胥伯莱的《这些湖畔城》《乡村的傍晚》《街头音乐家》，罗伯特·布莱的《傍晚令人吃惊》《湖上夜钓》《雪困》都是运用内在结构理论赏鉴诗歌名篇的经典范例。诗人解诗，体贴原诗，把诗篇的内在结构营造打开给读者看。所以郑敏的诗歌赏鉴，不仅仅告诉我们如何读诗，也同时启示诗创作者如何创作。

郑敏关于诗的观点为什么重要？首先郑敏是一位大诗人，她在新诗发展史上的成就，谢冕、孙玉石等诸专家学者均有论述。真正有创作实绩的人谈创作理论和文学赏鉴，才有自得的甘苦之言，正如曹植所谓："操千曲而后晓声，观千剑而后识器。"郑敏先生与新诗同龄，她预流了其中近八十年的发展，所以我们对于她的诗歌观点无论赞成还是反对，都不能无视。其次，郑敏先生的诗论努力融通中西，她自幼听母亲用闽调吟咏古诗，其祖父王又点先生是在福建颇有名望的词人，她对于古典诗词的喜爱是天然的。她的新诗写作深受西方诗歌的影响，她在布朗大学攻读英国文学，她的职业是在大学讲台讲授莎士比亚戏剧、英国浪漫主义诗歌、17世纪英国玄学诗歌、中国现当代诗歌等课。再者，郑敏先生的诗创作和诗论具有明显多种艺术门类综合的追求。她喜欢音乐，在纽约自费学习声乐近三年，闲暇时常去艺术画廊、美术馆看展览，听音乐会，填补在西方音乐、绘画等艺术方面的空白。郑敏先生的夫君童诗白院士是清华大学自动化系教授，他们的女儿、诗人童蔚老师在《回忆父亲童诗白》文中说："妈妈上班在城里，业余时间，展开音乐活动，延续在美国学美声的轨迹，估计父亲的小提琴已然跟不上她的节奏。"这是一个对音乐和昆曲情有独钟的家庭。另，童诗白先生的父亲童寯先生是中国近代造园理论研究、建筑理论研究的开拓者之一，与杨廷宝、梁思成、陈植等并称为近现代建筑学界四杰。所以我们理解郑敏先生的理论，需要懂些音乐、绘画和建筑的知识。

郑敏先生不仅仅是诗学理论的理性建设者，她同时是一位卓越的翻译家，本书涉及大量外国诗人诗篇诗集的不同译法，本书一仍其旧不作规范化，以显示郑先生的匠心。

目　录

下编　不可竭尽的魅力

上编

再听布谷声

诗的魅力的来源

四月是最残酷的一月，

从死的土地孕育出丁香，

掺糅着回忆与欲望，

用春雨激唤着迟钝的根须，

冬天为我们保暖，用

遗忘的雪铺盖大地，用

枯干了的细管喂养微细的生命。

（艾略特：《荒原》）

这几行诗是很有魅力的，任何一个诗的爱好者一接触到这些诗行，就会像被一个很有意思的陌生者的面孔所吸引，不禁频频回顾。让我们分析一下究竟是什么因素使得这几行诗有着很大的吸引力呢？

首先它使读者惊奇。春天来了，风变得温和起来，丁香花摇曳着，白的紫的，带来超世的、梦幻的感觉，这是人们对四月的记忆。然而诗人说"四月是最残酷的一月"，震惊使得读者睁大眼睛往下读。接着读者的感官受到第二次冲击。诗人将"丁香"这充满浓郁香味的生命的象征和"死的土地"联在一起，青春，来自死的土地。再往下读，读者的智力受到第三次冲击。冬天使人们想到北风，严寒，然而诗人却说"冬天为我们保暖"，冬天不但没有和严寒联在一起，反而是使人们感到温暖的季节。

下面我们将这短短的七行诗所包含的使读者震惊的成分归结一下，就可以清楚地看出它的强烈，它的冲击，它的力量：

春风飘荡的四月——残酷

充满生命的美的丁香——死

北风凛冽的冬季——温暖

这种震惊是上面诗行的魅力构成的重要成分，当然绝不是故作惊人之语，就能使一首诗具有魅力。在这一切之后如果没有一个深刻的思想内容，这些震惊就会带来极大的失望，而成了可笑的胡言乱语。在上面艾略特（T. S. Eliot）的诗中确有一个深刻的哲理。诗人是用十分形象的语言在讲一个生命的诞生过程中所经过的挣扎、痛苦和考验。尤其是在这里"生"并不是单纯的欢乐，因为在春天万物开始再生里包含着对已逝去的过去的春天的记忆，这种记忆中显然带有死的痛苦。四月是最残酷的，因为它让已逝去的春天的美和希望复活了，然而这种复活又会再死去，因为当前的春天也会像以往的无穷尽的春天一样，最终要逝去。由于春天是令人希望复苏，但又不能永远保持这种希望的蓬勃，比起来，冬天还要慈和一些，因为它用"遗忘的雪"保持人们的温暖，它用枯干了的根须维持着万物的生命。这里诗人所要表达的生和死，希望和失望的辩证关系是很深刻的哲理，每一次对读者的冲击，都在读者的心灵里激起强烈的求知的欲望，而这种求知欲终于得到了满足，这是诗能给读者最大的报酬。

一切精神的酬劳也和物质的酬劳一样是要求人们付出劳动代价的，懒惰者对这样的诗望而却步，自然不能挖掘出深埋在形象的词句下面的哲理矿藏。如果一个刻意为理解好诗而付出精神劳动的诗的爱好者，在最初有些不得其门而入，那只要通过谦虚的学习，终会找到打开宝藏的钥匙的。怕就怕简单地认为读诗是一种轻松的娱乐，不值得为理解一首诗，即便是好诗，付出时间和精力。轻率的诗歌评论者片面地强调诗要好懂，一切形象都要一目了然，这种论调束缚了诗人的手脚，也使很多诗失去了魅力。

诗的魅力的另一个来源是它的充满感性魅力和理性光辉的意象。有时，一些诗行在你了解它之前就已经爱上了它，前面所举的艾略特的那几行诗就有这种魅力。它使人一下子就被那闪烁的亮光吸引住了。下面的诗就是这样：

　　我听到了美人鱼的歌唱，一对对地唱着，
　　我知道她们不是为我歌唱

　　我看见她们乘浪驶入大海
　　梳理着海浪的白发，被海风抚吹的海浪，
　　当海风将浪花吹成白色和黑色的。

　　我们流连在海之宫
　　海的女郎用红的、棕的海藻花环装饰着我们，
　　直到人们的声音惊醒了我们，于是我们沉沦了。

　　　　　　　　　　　　（艾略特：《普洛弗洛克情歌》）

这几行诗在读者的脑海里唤起一幅有强烈感染力的画面。

遥望美人鱼（海的女郎）乘着海浪向大海的远方驶去，海浪在海风里翻出白的、深黑色的浪花，美人鱼们在"梳理"着这海的长发。在海的宫殿中普洛弗洛克沉默在花环中，突然被人类的声音惊醒，于是淹死了（象征式的）。这幅画在色彩、线条、光线各方面都有强烈的感性力量，诉诸读者的感官，而这幻景的含义在上面的最后一行点破了，这是主人翁普洛弗洛克，一个优柔寡断、自卑而又有寻求生活欢乐愿望的中年人的梦想的破灭，艾略特将现实生活中人们的这种失望的心情通过诗转化成一幅幻景、一幅动人的油画，它一下就唤醒了读者的想象力。当这样的一个画面又包含有深刻的意义时，它作为诗的魅力就产生了。将美丽而不可实现的梦想比作歌唱着的美人鱼，她们可望而不可即，她们在海浪上愈驶愈远，这个感到中年人的悲哀的主人翁在幻想中（海之宫）接近了她们，但顷刻间就被社会的现实唤醒，于是他的美丽的梦就被淹死在海里了。

现实生活提供人们无穷尽的资料，但不是所有的人都能将现实转化成诗。艾略特有个著名的理论，他说诗人是一片白金，走入一个充满了氧气和二氧化硫的屋子（社会），于是起了催化剂的作用。换言之，诗人用他的才能将现实中的一些资料转化成诗，而意象、幻景就是在灵感的催化之下产生出来的诗的组成部分。也许我们很多人在生活中都遇到过失望犹豫而仍抱幻想的中年人，了解他的烦恼和悲哀，然而没有能将他这种色调的感情和心情转化成一幅幻景。概念只能触及人们的知性，它是思维的构成部分，只有当概念在诗人的灵感的催化下转化成有血肉，有色、声、味，有感性的魅力的一个意象，或甚至一幅幻景，它才成为诗。在上面一诗内的开端，诗人还写有这样的诗行：

> 那么让咱们，你和我去吧，
> 当黄昏向天边伸展
> 像一个打了麻药的病人躺在手术台上。

黄昏给人们低沉、忧郁、寂寞的感觉（当然指的是西方社会的一些人们的心理）被诗人转化成一个意象：瘫在手术台上，神志不清的病人。有病，没有生命力，需要动手术……这个意象所代表的感性的经验立即将那个社会的人们在黄昏的感情、思想状况传达给读者了，这感染力远远大过一个抽象的概念的一句话。

为抽象概念、哲学思维找到血肉之躯，将感性和理性有机地综合起来，是20世纪初英美现代派诗人和理论家庞德和艾略特都十分强调的一个诗的美学的革新运动。因为当时浪漫主义诗歌受维多利亚时代文坛保守的布道倾向、陈腔滥调的正统精神的支配，诗歌充满了虚伪的伦理说教和小市民感伤情调，从风格上铺陈冗赘，比喻陈腐，打开诗歌，很像走入一个灰尘与廉价陈设品杂处的古玩店。当时庞德（Ezra Pound，1885—1972）、艾米·娄尔（Amy Lowell，1874—1925）等意象派诗人就提出诗歌要坚实；用字要精确，意象要清晰，不要模糊，要集中，不要松散。庞德在这个方面的贡献是十分突出的。他有针对性地列举多种禁忌，突出了诗的特点是感性的魅力，而意象是诗人的理性和感性在瞬间的突然结合。因此，我们可以说意象是呼吸着的思想，思想着的身体。

意象在经过这种改造后再不是仅起着修饰作用的比喻，它和诗的关系是有机的，内在的。绝不是一朵戴在女孩子头上的花，可以拿走而不影响姑娘的美的基本特质。上面所举的诗行中的意象，如丁香、死的土地、美人鱼、麻醉了的病人，哪一个可以任意取消而不影响诗本身的生存呢？很有意思的是，在经过"文化大革命"，诗坛上"假大空"泛滥之后，我们正在清除场地的一些青年诗人中，有不少人也悟到意象使用的魅力，而在作品中为自己的思想感情找到"客观的相应物"（这是艾略特用以表达意象的形式的另一说法）。北岛的诗在洗练、精确、集中和富于感性魅力方面很接近庞德等意象派理论家所提出的诗的原则。让我们看看这种诗行中的意象：

> 卑鄙是卑鄙者的通行证，
>
> 高尚是高尚者的墓志铭。
>
> 看吧，在那镀金的天空中，
>
> 飘满了死者弯曲的倒影。
>
> （北岛：《回答》，《诗刊》1979年3月）

这里的"通行证""墓志铭"绝非修饰作用，它们就是转化成诗的"现实"。而"镀金的天空""飘满死者"这一幻景也是经过诗人的灵感的催化而产生的诗的现实，现实的诗。西方现代派理论家曾提出诗不是描写现实，不是表达现实，而是翻译了现实。这里翻译也就是转化，也就是用诗人的灵感、才能来催化现实，而产生了诗。又譬如：

> 老树不再打盹，不再用枯藤
>
> 缠住孩子那灵活的小腿
>
> （北岛：《我们每天的太阳》，
>
> 《上海文学》1981年第5期）

我们曾经像一个绝望的淘金者

把笑深深埋进了干燥的沙漠，

只把冷漠、蔑视和愤怒装进布囊，

背起来一步一步朝前走着。

那时只要摔倒了还能爬起来，

我们就不会忘记捶着长天的胸窝。

……

世上最窄小和最辽阔的都是生命，

生命的鹤嘴锄能把一切开拓。

……

（孙武军：《让我们笑》，

《诗刊》1980年第4期）

上面所引的北岛的诗行中每件实物，每个有感性的魅力的意象如"老树""打鼾""枯藤""孩子的腿""缠住"都是无法与诗分离开的，因为是感情的"客观相应物"。在孙武军的诗行中，"现实"经过催化转变成诗的幻景——沙漠上的淘金，而"捶着长天的胸窝""生命的鹤嘴锄"是准确、清晰、具体、生动的意象，它们的感性魅力是不容置疑的。所以诗的魅力的另一来源是它的意象和幻景，意象不是用形象化的语言和修辞表现现实，幻景不是描写现实，它们是化成了诗的现实本身，它们就是诗的国土上的山川河流地貌，没有它们就没有诗。

诗的魅力的另一个来源是诗的内在结构。诗是一座建筑物，诗人心灵、才智所建立起的精神建筑物。读一首诗就像由诗人引导着进入一座建筑物。这里所讲的结构并非词句章节、声韵这样的外在的结构，也不是散文的起、承、转、合等章法的结构，而是诗的内在构思的结构。这种结构是诗人的思想境界的结晶。当诗人有了诗思和诗情之后，他能不能写一首好诗，就看他能不能设计一个建筑来体现他的诗思和诗情。诗的诞生是自外界的空间（现实）转变成诗人内在的时间（情、思），又以外界的空间（第二次空间、诗的空间）来表现，这第二次空间要求一种符合于诗人的思想和感情的建筑设计。每一座建筑物都是一首凝固的音乐，它用空间、线条来表现出建筑师心中的节奏、情操、思想，而每一首诗也有这样一种结构。当诗人要徐徐展开一个真理时，诗的结构常常是起始略平淡、缓慢，而在结尾时奇峰突起，猛然揭示给读者一个真理，诗至此结束了，但在读者的头脑里仍然余音缭绕。中国古典诗中很有这类结构，典型的有陶潜的《饮酒》（结庐在人境）的第二段。诗人从东篱下的菊花写到远山，又写到山前的飞鸟，这时突然将诗引入一个全新的境界，说道："此中有真意，欲辨已忘言。"至此诗人停下来了，却留给读者一种无法言传的韵味。

智利诗人聂鲁达在一首名为《盐赋》的诗中，从对餐桌上的盐开始联想，追溯到海盐、岩盐的产地，最后写道：

> 海之尘，从你那里
>
> 舌尖尝到夜之海的一吻：
>
> 从每一块带盐的食物中
>
> 品尝到海洋，
>
> 因此，小小的盐瓶一摇
>
> 带给我们的不仅是你餐桌上的洁白
>
> 而是无限的宇宙的内在珍馐。

这首诗的结构显然也是展开式的，高潮在诗的结尾突然出现，将读者的心灵的视野突然打开，看到和想到的不再是盐粒而是无限的宇宙，它的内在美味珍馐。①

在现代派诗中，多层结构是很常见的，这很像现在城市的

---

① 展开式又有几种，限于篇幅，这里仅涉及其中的一种。

多层建筑。诗的底层可以是平凡而现实的生活的片段，然而，在这底层之上有伸展向象征主义的高空的建筑。现实主义和超现实主义在当代的文学艺术中经常是并存的。理由是经过19世纪现实主义在小说方面的发展和浪漫主义在诗歌方面的发展，两种美学都暴露了自己的问题，前者不能用来表达今天人对现实的表面下复杂的多层的核心的认识，后者被感伤主义侵蚀后，变得松散虚浮也不能满足诗人的要求，因此就采取了有现实的底层和超现实的高层的多层结构。在浪漫主义的先驱者，又带有浓厚的现代主义象征色彩的英国诗人威廉·布莱克（1757—1827）的有名的短诗《虎》中，这种多层结构是十分明显的。在这首诗里，虎的外形、生活环境和生活习惯及神态都有了精确真实的描绘，而全诗除了这现实的底层之外，显然还有象征的超现实的高层，特别是诗的结尾的一节问道：

那创造了羊羔的他也造了你吗？

布莱克显然在使用上帝创造一切这个传说宗教观念对宇宙、现实提出一个辩证的看法，就是说，世界充满善（羊羔）和凶猛（虎）的矛盾斗争。这种辩证的世界观就是这首诗的高层。

现在生活的复杂与科学的迅速发展，促使人们思维的步伐也加快、加大，多层的诗的结构正是适应了这种现代精神文明的艺术形式之一。经历过"文化大革命"的考验后，我们的诗人，尤其是青年一代，有时由于要表达现实的实质，要表达复杂的心情，而采取了多层的结构。他们多半并不是有意模仿西方的多层结构，而是诗的写作实践，使他们在一些时候和西方现代作家一样找到了这种结构。梁小斌的诗《中国，我的钥匙丢了》和《雪白的墙》都具有这种多层结构。

诗没有诗的结构只能是分行的散文，境界和构思是形成一首诗的结构的关键因素，如果诗人要传达一种突然的觉悟就会选择展开式结构，在诗的结尾也使读者体会到突然的精神飞跃，而在此以前诗的进展可能是相对的平静。如果诗人想让读者时刻意识到在诗的现实的轮廓之后，还有一种看不见但感觉得到的超现实的光、影存在，就会选择多层的结构。这里讲的只是诗的许多结构中的两种，还有很多其他的结构能满足诗人的其他种艺术要求，这些需要我们继续分析作品，发现模式。有一点是明确的，诗有了这种建筑结构后才能站起来，经得住千百次的诵读和推敲，否则只是一堆松散、不成形的文字，尽管押了韵、分了行，也不是真正的诗，至少尚未变成诗，自然也缺少诗的魅力。

法国诗人、理论家保罗·瓦勒里（Paul Valéry，1871—1945）曾试图找出诗与其他文章的区别。他认为诗的特点就是它不是为了实用的目的而存在，它不像一句传达某种思想的话或应用文，后者在其包含的旨意一旦被对方理解后，它本身就不复有存在的价值了。诗可以在被读者理解后仍存在，而且仍被千百遍地诵读。因此它将有应用目的、实用目的的语言文字（口头及笔头作品）比作走路，诗则是舞蹈。一个人走路是为了办事，事一旦办完也就不必要再重复走这段路了，然而，舞蹈虽然也是用四肢，虽然也有它的含义，但却不因为被观众理解了就不再有存在的价值，因此诗的魅力不是来自狭窄的实用目的，为了达到那种目的，人们可以采取写应用文等其他手段。诗在每一次被朗读时，都能给读者新的体会，它是一个不会衰老的经验，每次通过朗读复活在读者的心头，而且随着读者的内心世界的丰富，经验的积累，它又获得更丰富的内涵，更光辉的容貌，更美的青春。

英美诗创作中的物我关系

　　最近关于新诗创作的讨论触及一个深刻的理论问题，这就是诗创作中的物我关系，或主客观关系。对于诗应当反映客观，没有人提出疑问。但对诗可不可以写"我"，能不能以"我"为主要表达对象，以及诗人的"我"对他或她的创作活动有什么关系，则有争论。持反对意见者认为写"我"容易将文学引向脱离实际，逃避现实，怀疑现实的邪路上，写"我"助长自我中心，孤芳自赏，无病呻吟等错误的世界观。持赞同意见的则以为诗人最了解、最熟悉的仍然是自己的内心活动，所以通过内省自己的心灵才能写出真实、动人的作品。双方各执一端，似乎都言之有理。我这里想跳出物我割裂的看法，尝试立足于物我之间内在联系，来看看它们在英美及某些西方诗创作中所占的地位，所起的作用，和彼此之间的关系，以资参考。

作为表达的对象，和对创作的影响，物我之间存在着密切的内在联系，不容割裂。"我"的形成由空白到充满思想感情是由于"物"的影响，"物"或客观世界的存在也经常由于"我"对它的改造、干扰、影响而发展变化。因此在"物"中有"我"的思想感情，在"我"中有"物"的力量和影响。纯我、纯物是不存在的，主客观互相作用、互相影响，两者相矛盾而又相依存。

在文学上，由于作家在观察和表达时有所侧重，产生重客观描写与重主观叙述两重基本倾向。这是说在20世纪以前的情况，从20世纪初西方新诗开始强调物我结合，这体现在意象的创造中。一般地说，现实主义作家虽不排斥写"我"，但更多写物，写客观，隐我显物；浪漫主义作家更多地写"我"的情怀，因此形成显我隐物。但是，由于人类的认识规律都是在主观的意识里反映客观，眼、耳、触觉、嗅觉、味觉，都是为了给主观意识、大脑收集客观世界的资料，以供主观下判断，所以不管哪一流派的作家都是用主观这一面镜子来反映客观的。镜子质地是否优良，也就是主观意识的质量，直接影响到映象的清晰度和准确度。因此在任何一种创作活动中，"我"这个主观因素都是起着决定性作用的。

有的人也许认为只要以客观为表现对象，就可以不犯脱离实际这种错误。但他忘记镜子里的映象不一定总是准确的，哈哈镜中的世界早已谈不上符合实际。有的人以为写自己的内心就可以不受外界的干扰，他不知客观世界是一个无所不在的雕塑家，而诗人的心灵也早已留下这位雕塑家的指痕。因此他所要表现的"我"中已经有"物"，世界是无法逃避的。他的思想感情也并非脱离环境，天外飞来的灵感。如果他陷入自我崇拜，孤芳自赏，自命不凡，唯灵感、唯天才的倾向，也就是得了"水仙花主义"热，终日临溪自照，欣赏自己的容颜，久而久之也就成了自我固执狂，很难跟上环境的变迁，事态的发展，终于内心枯竭，艺术凋零。在正常的情况，强调客观表现或主观抒情都能写出伟大的作品，莎士比亚的诗剧基本上是强调再现客观，而很多浪漫主义抒情诗基本上是强调抒发主观。

一、意象派、现代派诗歌在主客观问题上的创新

在20世纪初，首先由意象派用意象的理论来打破物我的割裂，企图将"我"与物在意象里有机地结合起来。意象派创始人庞德有名的说法就是意象是一种在瞬息间形成的感情和理智的综合体。这里所谓感情是指主观的感情上的经验，而理智是

指道理、原则、万物之理等独立在主观之外的事物规律。一个意象既非单纯的主观内心经历，又非单纯的客观真理。它是二者突然合拍，结合在一起的复合体。意象派想以这样一个主观有机结合的单位来构成诗。诗如果是用预制板建成的建筑物，意象就是一块块的预制板。至此现代派的诗在表达主观和客观方面就跳出了现实主义和浪漫主义各强调其一的倾向。

由于预制板中有客观的物与主观的情，而且作为一个小单元，代表生活中思想感情的一种复合体，但由一个小单元到另一个小单元中间没有过渡，读者要理解诗人的思路和感情的发展就必须能完成单元与单元之间的弥合工作，这就是所谓现代派诗的跳跃前进，也是它所以难懂之处。以当代美国诗人詹姆斯·莱特（James Wright，1927—1980）的短诗《赐福》为例，在全诗中诗人沉浸在对两匹牧马遇到诗人后的幸福、欣喜的叙述。诗中十分形象地描写了马的人格化的深情，它的优美姿态、它的幸福之感。突然在诗的结尾的三行中诗人说：

> 突然我意识到
> 若是我能挣脱了躯壳，
> 我将化成一树春花。

从牧马遇人的幸福之感跳跃到诗人自己的感觉，这中间的桥梁、过渡，都需要读者自己解决。其实突兀之中也有伏笔。当诗人写物（马）时早已将"我"，诗人自己的感情，潜注其中。马的欣喜、幸福，也正是诗人的欣喜，最后诗人将自己的欣喜升华成一个突出的意象，就是一树春花。

二、对浪漫派的回顾

在进入对于现代派诗中主客观的具体分析前，先回顾一下19世纪浪漫派诗中的主客观关系有益于加强历史观点。我们将浪漫主义诗人的作品分成诗剧、故事诗、哲理诗、传记诗和抒情诗。故事诗如华兹华斯的《麦可》、拜伦的《唐璜》都是突出客观的因素，接近现实主义作品。诗剧如雪莱的《解放了的普罗米修斯》、拜伦的《曼弗雷德》是以象征手法，借客观之躯（神话或传说）描写诗人主观的精神经历，侧重点是主观因素，客观不过是一个躯壳。在哲理诗、传记诗方面，华兹华斯的《写于亭登寺附近的诗行》《序曲》《接近不朽》是心理、哲学思想和传记的混合体，仍是写主观的成长；拜伦的《柴尔德·哈罗德的巡礼》显然是精神自传。这些自然是以表达主观为主。抒情诗中华兹华斯与济慈在物我这个问题上创造性最大，从某种意义上讲，开了现代之风。华兹华斯在《我飘荡如白云》和《布谷鸟》中以客观的、记录的口吻报道诗人在看见一片金黄色的水仙花和听见布谷鸟的呼唤时的感受，借以写出人与环境、人的心灵活动与自然间的亲密关系。这一诗路在20世纪美国现代派诗人詹姆斯·莱特和罗伯特·布莱（Robert Bly，1926—　）的诗中得到再现和发展。所以在华兹华斯以及莱特和布莱的这一类诗中深刻地体现物中有我的精神。

济慈在抒情诗方面的重要成就之一就是咏物的过程中揭示真理，这类作品的最典型的代表就是《希腊古瓶赋》。诗人在博物馆中看到一只刻有庆丰收画面和青年人恋爱谈情的希腊古瓶，有感而写了《希腊古瓶赋》。诗人指出生活中的青春会消逝，而瓶上的恋人永远年轻貌美，爱情总在期望中等候幸福，树木永不凋零，最后诗人怀着矛盾的心情说瓶上的牧歌虽然是冷冰冰的，但却能长存人间，教导人们理解："美就是真，真是美。"对于济慈这里所谈的哲学思想我们姑且不评议，我举这个例子是要说明济慈在写古瓶这件事物时抒发了主观的情怀。这与当代西方诗中的咏物诗（"object poem"或"thing poem"）一脉相通。济慈在这首诗中用每节十行，韵式为ababcde及cde的各种排列韵的严整格式写下深刻的思想。他的艺术上的含蓄、凝练、纯正深得后人的赞美。在这首诗中济慈结合了古典主义的严谨和浪漫主义的想象，结合了感情的强烈和思想的深隽，是写物有我，在客观中体现主观的咏物诗中的上品。

三、惠特曼

在这里还必须提一下另一个写我为主，但我中有物的大诗人，这就是惠特曼（Walt Whitman，1819—1892）。他以为写我，一个个人，是天经地义的事。在人文主义思想的指导下，他认为个人是使世界丰富起来的最基本的力量。个人的才能、个人的创造，一旦得到解放，世界、自然就丰富起来。因此他认为诗人歌颂这样一个充满潜力的我是天经地义的。用我来抵抗官僚机构的压迫，来消灭物质贫困，来造福人类，创造美好生活是美国建国初期的民主理想。惠特曼正是当时这种年轻的民主精神的集中表现，或者说理想化了的表现。惠特曼的"我"绝非封锁在个人胸腔里，与外界隔绝的我。如果诗人俯视他自己的胸怀，他是要看映在他的胸怀这片湖水上的蓝天的映象，世界的倒影，客观的倒影。惠特曼的例子使我看到写我，当这个"我"不脱离时代，不脱离人民时，是无碍于表达时代精神的。他的写"我"是为了更生动地写客观。譬如在《我之歌》中第一节诗人就说他祝贺自己，歌颂自己，他相信自己所主张的，读者也会主张，因为：

> 每一个属于我的元素也属于你

所以，在这个前提之下写主观的心愿和感受也就是写全体人民的心情，写"我"也为的是写社会，因为：

> 我的语言，我的每一个血分子
> 都是由这土地、这空气形成的。

惠特曼邀请读者和他一起度一昼夜，这样，读者就能和他分享他的诗源泉，接触到一切事物的本质，脱离对书本、历史的记载和一切第二手资料的依赖。所以诗人在写"我"时实际上要写"我"怎样拥抱了世界，通晓宇宙的奥秘，从而引导读者通过观察一个人的心灵而理解他四周的世界。因此，在《我之歌》中我们看到关于惠特曼所生活的时代和社会的一幅幅特写：青年、婴儿、自杀者、罪犯、农业劳动、打猎、航海、印第安人的婚礼、逃亡的奴隶、妓女，等等。总之在《我之歌》中诗人用宽阔的画幅绘画了美国的风光、社会的各阶层，而更重要的是诗人认为"这些都流向我体内，我也流向体外的人们"，"我用这些和他们中的每一个编织成我之歌"。这证明惠特曼歌颂"我"不是孤芳自赏。因此写"我"是不是走上脱离社会、脱离现实的邪路，是要看这个"我"本身是不是一个脱离现实的"我"。

四、罗伯特·弗洛斯特

在分析现代派诗中的主客观关系时，罗伯特·弗洛斯特（Robert Frost，1874—1963）是一个很有趣的例子。弗洛斯特的诗看来朴素单纯，往往取材于新英格兰的村野生活。但他的很多简短的诗读完后总有一种令人渴望反复推敲其真意的感觉。常常会发生这样的问题：诗人要说的究竟只是这些吗？甚至于问自己："我真的理解了这首诗吗？"假如我们将弗洛斯特的主观比作一个三棱镜，他通过这个三棱镜分析客观，那么透过他的三棱镜再现的客观世界就不再是自然存在的世界了，而是经过三棱镜的分析的世界了。在弗洛斯特的诗中，有的诗行描写生活细节真实得像从我们的实际生活中切下来的一样。但有的诗行又令人感到惊奇，难以吃透。这种虚实交错产生一种恍惚的情况，似梦非梦。

譬如在《修墙》这首诗中我们就有这种体会。

有些什么东西不爱墙，

让冻土膨胀在墙根下，

阳光里把墙垛拱塌

留下两人宽的豁口；

猎人也帮了忙；

我跟在他们后面修补，

有的地方他们不留下一块石头，

好让狂吠的猎狗满意地

将野兔从藏身处驱出那豁口，

没有人看见谁干的，也没有人听见声响，

只是在春天修墙时才让人们发现。

我通知了山那边的邻居，

一天我们两人碰头沿着墙根走，

又一次把墙建在两家之间。

我们边走边筑墙，在两家之间，

把塌下的墙垛一一放回原处。

那石块，有的长方，有的像球，

我们得念咒让它们摆平：

"不许滚动，直到我们转过身！"

我们的手指因为搬石块而磨粗，

啊，这不过是另一种户外游戏，

一边一个。比那还多一点意思，

我们并不需要这座墙，

他家是一片松林，我家一片果园，

我的苹果树再也不会越过边境，

偷吃他松树上的果实，我这么告诉了他

他却只说"好篱墙带来好邻居"

春天使我变得爱捣乱，我心想

能不能让他有点想头：

"好篱笆怎么就能善邻？不是因为

有的地方有牛？但咱们之间没有牛。

我在修墙之前要问个明白

我要把什么圈进来，什么圈出去，

我会让谁不高兴。

这里有些什么东西不爱墙，

它要想让墙倒塌"我可以对他说

"是小山妖"但其实不是，最好他自己说。

我看见他站在那儿，

一只手抓着一块石头，

像一个武装了的旧石器时代的野人

他在阴影里移动，好像

不是树林的阴影。

他不愿听他父亲的嘱咐，

他自己这样喜欢这句话，

又说了一遍：

"好篱笆带来好邻居。"

（郑敏译）

　　这首诗是讲春季修补塌墙时诗人和他的邻居间的交道。在诗里，诗人写到很多问题：是什么力量破坏了墙？要不要修复倒塌的墙？墙有什么作用，等等。诗中每提到一件具体的、实的事物（客观），这实物仿佛都有一个虚的投影，也就是有一个主观的、象征的含意。如果列表，我们就可以看出：

实·客观现象	虚·主观含意
冻土，猎人破坏了墙	打破束缚和侵犯他人
墙使邻居保持互不侵犯	墙是保守隔阂
邻居在阴影中	邻居代表一种消极力量

邻居像石器时代的野蛮人　　文明社会不应有墙

所以在这首诗中邻居、冻土、猎人、墙都有着客观与主观双重意义，它们不全是客观的真实，又不全是主观的表征。这种在客观的结构上投以主观的象征的意义使得弗洛斯特的诗具有多层结构，有摸得着的现实的架子，又来自这现实的结构上主观投射的光影。走进他的这类诗中，读者好像走进一座建筑，既有看得见的有形的拱顶、塔尖，又有一种精神力量，使你赞美它。一座有艺术价值的白塔不仅是一个若干高、若干大的体积，它的有形结构还传达了一种精神力量，一种美。

弗洛斯特为什么写这首《修墙》的诗呢？他所要说的就是村野生活中一个小小的故事吗？这只有读者去体会了。有的人说他的诗好懂，我想这就像所有的人都能看见白塔，但有些人只能对白塔有一个肤浅的认识，而有些人能更深刻地欣赏白塔的艺术，更感觉到这座建筑物的力量。写客观的诗如果只有客观，就很难成其为诗。

弗洛斯特的其他诗如《白桦树》《一对瞧一对》《没有选中的路》等，都是这类既实又虚，既写客观又写主观的作品，它们的魅力也正在于此。它们给读者以无穷的吸引力。你总想再回头读一遍，因为那游戏在客观的结构上的光影是这样难以捉摸啊。对于这样的诗，人们是愿意花时间去体会的。因为它们不是故弄玄虚、搔首弄姿，因为它们是反映了现实生活的多重性、复杂性、立体性，诗人以微妙的艺术结构表达了现实生活的立体性，是不应当受指责的。《文心雕龙》在"隐秀篇"中说这类含蓄的作品是文艺爱好者百读不厌的，而对懒于钻研的人则是不得门而入的，所谓"使玩之者无穷，味之者不厌矣"。

五、华兹华斯与现代客观意识交流派

前面讲华兹华斯在写自然时突出地表现了人和自然的交流，这也许可以算是一种心理现象。自然的环境总是对人的身心起着微妙的影响；森林、湖泊、大海、高山、沙漠无不影响着人们的感情和思维。所以在中国的山水诗和画中我们很难说艺术家、诗人究竟写的是客观还是主观。因为诗人、画家所要表达的是自然和人的交流，不仅是自然（客观），也不仅是人（主观），而是自然中有人的主观感情，人的感情中有客观的影响，物我交融的境界是这类诗画所要表达的。华兹华斯在湖畔散步，突然看到一片金黄的水仙花迎风摇摆，充满了欣喜和生命，这幅自然景致深深印在他的心上，这经验的可贵一直到日后他才深深地体会到。诗人说：

> 我瞧呵瞧，却没有想到
>
> 这景致带给我何等的珍宝。
>
> 以后每当我在睡椅上半卧，
>
> 心里烦闷而又情绪空虚，
>
> 它们的形象在我心灵之眼前映过，
>
> 给枯寂带来何等的欣喜？
>
> 直到我的心把欢乐饮饱，
>
> 它和水仙花群一块儿舞蹈！

这里诗人先写水仙花，又写水仙对自己的魅力，写的是客观也是主观，是主观所反映的客观和受客观影响下的主观。在《布谷鸟》中，诗人也是描写布谷鸟在绿叶中的神秘行踪，和四处传来忽远忽近的布谷鸟呼唤声。诗人写的虽是布谷鸟但实则要描写自己童年时幼小心灵在春天的欢欣和新奇感。诗人对童年的怀念使得诗中的布谷鸟不再是一个普通的鸟，而是能召回他失去的童年的梦幻的一种力量。当布谷鸟将诗人带回童年的幸福时，他说：

啊，神圣的鸟，我们脚下的大地之景

又变得像

一片缥缈的仙境

那是你合适的故乡

在这首诗里，诗人将早春的布谷鸟带给人们的愉快、神奇、希望等丰富的感情十分具体地描写出来，但又同时写了客观的情况，真是物（鸟的呼声）中有我的感情，我中有物的特点（布谷声代表早春的来到）。

上述的这种写物我交流的传统在英美现代派诗中得到继承和发展。为了说明西方诗中写物我交流的这种传统，美国当代著名诗人罗伯特·布莱编了一本以此为主题的诗选，名为《宇宙的消息——两种意识之诗》。集子中收了近百位欧洲、美洲、拉丁美洲及亚洲诗人的作品。这些诗都与描写主客观交流有关。所谓客观的意识就是人以外的自然界的生命，它们的心理、生态和自然规则。在书的序言之前布莱引了德国诗人诺瓦里斯（Novalis）的一句话："心灵的宝座是建立在内在世界与外在世界相遇之处，它在这两个世界重叠的每一点上。"

如果将这种观点和《文心雕龙》"神思篇"中谈创作中人与物关系的部分相对照，就会发现在这个问题上中西古今的诗歌理论家的观点竟然如此之相同，"神思篇"中说："形在江海之上，心存魏阙之下。神思之谓也，文之思也，其神远矣！故寂然凝虑，思接千载；悄焉动容，视通万里。吟咏之间，吐纳珠玉之声；眉睫之前，卷舒风云之色：其思理之致乎？故思理为妙，神与物游，神居胸臆，而志气统其关键；物沿耳目，而辞令管其枢机。枢机方通，则物无隐貌；关键将塞，则神有遁心。"

这段引文充分说明我国文艺理论也是重视在创作过程中主客观，即神思与物要交流，"神"要能深入到物的核心，概括它的本质，而物要能"沿耳目"进入主观。这也就是说心灵的宝座要建立在内在世界与外在世界重叠之处。

上文曾提到詹姆斯·莱特的《赐福》。在《宇宙的消息》诗集中收有他的《乳汁草》，也是同类作品。诗人在田野长时间凝视远处的农舍和牲畜，怅然有所失，忽然发现身边的乳汁草正以它的黑色眸子含情地默视着他，诗人顿时理解到他为什么有怅然之感，当他伸手去抚摸小草时，仿佛觉得四周充满了来自宇宙他处的生意和力量。这里显然并非只写"乳汁草"，主要还是写诗人渴望与自然与宇宙相通的感情。

在同一诗集中有肯尼斯·瑞克斯若斯（Kenneth Rexroth）的

一首诗，题为《赫瑞克利斯之心》（The Heart of Herakles[①]），
写夏夜睡在星空之下，观察星辰的升落：

> 我的身躯入睡，只有眼睛和头脑清醒，
>
> 四周都是星辰，
>
> 像金色的眼睛，我不知道我的生存自何而始，
>
> 至何而终。
>
> 郁黑的松林，
>
> 看不见的草原，
>
> 下沉的陆地
>
> 蜂涌的星星。
>
> 它们都有能看见自己的
>
> 眼睛。

这是写诗人在静夜，面对大自然和星空时的心情，诗人沉醉在
对自然的敬慕中，深深觉得自己的渺小。自然的神秘、深奥、
宏伟征服了诗人。

布莱自己的诗如《傍晚令人吃惊》（Surprised by Evening）

---

① 因是单篇诗作，故英文不用斜体，后同。——编者注

中第一节写的正是主观的"思接千载"与"视通万里":

> 在我们四周有未被了解的尘埃,
>
> 山的彼方海浪拍着海岸,
>
> 树上栖满我们未曾见过的异鸟,
>
> 网里装满黑色的鱼,沉甸甸地垂向海底。

诗人正是通过主观的神思想象山外的海浪,看见那些异鸟和海底的被网着的鱼。神思也可以说是诗人的想象力。

在另一首诗中,布莱又在"我"中看到客观的物。在《睡醒》一诗中他把自己的身体比成海洋:

> 在血管里军船在驶行
>
> 船沿不断产生小小的爆破,
>
> 在含盐的血液里海鸥在风中翻飞

冬眠过去了,诗人感到生命的复苏:

> 现在我们醒了,起床,吃早饭,
>
> 血管的港口升起呼唤,

雾，船桅高耸，阳光中木钩碰撞闪光。

诗人说"我们的全身像一个黎明的港湾"。黎明的港湾，生活兴奋、繁忙地进行着。生机在春天复苏，正如海港在黎明醒来一样。在这样一首诗里，很难说诗人在写自己。虽然他是写了在春天回来时的旺盛感觉，但通过写"我的感觉"，诗人显示了一幅客观世界的朝气蓬勃的画面，这就是黎明醒来的海港和繁忙的海面。

六、咏物诗

在20世纪现代派诗中，有一派被称为"咏物诗"。这一派的作品顾名思义是专门将注意力放在客观物体上。他们要深刻观察事物的奥秘。如果从血缘上寻找，这一派诗的祖先也许是布莱克的《虎》和济慈的《希腊古瓶赋》，虽然二者在气质和情感上是很不相同的，但它们都是通过物揭示真理。约翰·顿的许多玄学比喻虽然也有对物的精确细致入微的观察，但由于其本身不是目的，而是作为表达诗中感情的手段，因此没有客观独立性，与咏物诗不同。

罗伯特·布莱在介绍这派咏物诗时这样说："在过去60

年，一种很好的新诗出现了。这就是咏物诗。在欧洲文学史中散存这类作品，但这类作品是在最近几十年内才发展起来。它的主要代表是里尔克的'观看诗'（seeing poem）和法兰西斯·蓬日（Francis Ponge）的咏物诗。"①

布莱说当里尔克还是罗丹的秘书时，这位伟大的艺术家一天嘱咐里尔克去动物园观看动物。罗丹十分重视眼睛的观察力，要求艺术家要用"视"这一惊人的能力去观察客观存在。这可能因为"视"这一能力可以克服人的主观片面。里尔克深感自己缺乏这种"观看"事物的习惯，于是就按照罗丹的指导去动物园观看动物，终于写出了有名的诗《豹》。里尔克在那以后的六年写了近二百首的观看诗，苦练自己的"观看"能力。从此他的诗开始了一个新的阶段。如果我们仔细地读《豹》，我们就可以理解这种咏物诗的特点。它深刻地描绘了豹的神态，但在这十分客观的描绘中却贯穿着诗人的主观意识。诗人透过自己的主观意识去认识和解释物的客观性。在全诗里读者直接接触到的是对豹所居住的铁栏、豹的眼神、四肢的"紧张的静寂"、眼皮的无声的开闭、"极小的圈中旋转"的动态与"中心一个伟大的意志昏眩"的静态形成强烈的对

---

① 罗伯特·布莱选编：《宇宙的消息——两种意识之诗》。

比，等等。但那贯穿在这些客观的细节的描绘之中的却是里尔克的主观的意识和情感，这就是对于一个被关闭在铁栏后的充满原始活力的豹，对于这只失去自由的豹的挣扎、痛苦、绝望的无限同情和惋惜。譬如，在下面这样的一些诗行中诗人的叹惜之情几乎突破诗的客观结构，但终于仍未溢出和破坏咏物诗所特有的冷静、客观的特色：

> 步容在这极小的圈中旋转，
>
> 仿佛力之舞围绕着一个中心，
>
> 在中心一个伟大的意志昏眩。
>
> （冯至译，下同）

诗人的无声的感叹渗透了这些诗行。又譬如关于被困的豹的无能为力、绝望境界，诗人是这样写的：

> 只有时眼帘无声地撩起。——
>
> 于是有一幅图像侵入，
>
> 通过四肢紧张的静寂——
>
> 在心中化为乌有。

英雄的绝境正是里尔克所要写的，然而除了客观的叙述之外，我们在字面上找不到诗人自己的感情。但哪一笔的描绘不是渗透着诗人的同情和叹惜呢？这就是物中有我的典型。如果没有里尔克的极端深刻的主观意识，这只客观的豹是不会存在于文学作品的宝库中，流传近百年至今，而且还会流传下去。当主客观相会、重叠时，不朽的作品就产生了。

德国诗人诺瓦里斯认为诗人的创作经过两个阶段："第一步是内省——集中对自己进行考虑，但任何诗人如只停留在这里，就是半途而废，第二步是对外界作真正的观察——自觉地、冷静地对外界的观察。"这个论断是有一定的现实基础的。一些敏感的年轻的诗人往往先强烈地意识到自己内心的浪涛，于是写出很好的诗。但，如果在成熟的道路上不进入对外界进行自觉、冷静的观察的阶段，他或她的诗是达不到真正的艺术的完臻，也会缺乏深度和广度。华兹华斯指出诗的创作应当是在宁静中对激动的感情的回忆，他所指的是在诗人经历过上述两步后的第三步。如果将诺瓦里斯的理论和华兹华斯的理论加在一起，我们也许可以说：诗人的创作途径很可能是由我到物，又由物到我，这最后的"我"的任务主要是安排、组织、分析他所观察到的物。

七、创作中物我的关系

　　创作中物我的关系是一个复杂而微妙的联系。如果以为只要写"我"就产生深刻、真切的作品，向自己的内心寻找一切，就确实会愈走愈狭窄，如同钻入一个自我的迷宫，将自己的潜意识的一切都当作钟乳石岩洞来探讨，结果成了自己的俘虏，是不会产生很有意义的作品的。但反之，以为要拥抱广大的天地就应当抛弃了"我"，也是一个幼稚的想法。在文学创作中和在对世界的认识中一样，"我"是媒介，没有"我"也就无法感受外界。"我"像天线，灵敏的天线能收到很多的电波；"我"像高原上的平湖，明净的湖面上倒映着雪山；"我"是摄影机的镜头，清晰的镜头摄出清晰的图像。同样生活在一个世界里，在一个季节里，有的"我"听见、看见、嗅见很多外界的声、色、味。这个"我"收集了丰富的生活数据，便于分析、研究、分类、组合，并能通过理性加工，再现于感性的声、色、味艺术形式中。但有的"我"则粗糙、迟钝，不知如何擦净自己的镜头，运用自己的天线，终日奔跑在外而不愿意思索，将自己的心灵遗弃在角落里，不许它来参与。他以为这样做就可以不犯"个人主义""自我中心""脱离实际"等错误。这也是太简单的想法。由于"我"的粗糙，或心灵灰尘太多而不能正确反映客观，甚至歪曲客观以达到自己的目的的例子是有的。"假大空"的"极左"作品就是一例。

诗人是无法逃避自己的主观的，没有主观的艺术是不存在的。问题是怎样有一个真实、敏感、高尚、有教养、有文化、有智慧的"我"。那些想遗弃主观，忘记内省，以致内心杂草丛生、灰尘掩盖了镜头的诗人，虽然努力运用流行的某些公式进行创作，也是不可能深刻、准确地反映客观的。年轻的心灵往往强烈地感到自己心灵深处的震波，这时他必然要求抒发自己的情怀。只要这个"我"不堕入无止无休的自我陶醉中，它就像一匹骏马，终于会奔向广阔的天地。他所应当做的不是掩盖、忽视这个"我"，而是要逐渐扩大、加深这个"我"，让"我"对世界进行客观、冷静、深刻的观察。如果他忽视自己的主观，就必然人云亦云，失去创造性。因为每个人都只能用自己的主观，而不是别人的主观去理解世界，人云亦云必不诚实。诗人在创作中要将"我"磨成利刃，磨成最精密的镜头。同样是表达现实，同样有着良好的反映现实的愿望，有人就写得深，有人就写得浅，有人写得真，有人写得假，这都是因为人们有着不同的"我"。暗淡无光，粗糙无华的心灵怎能映出色彩绚丽、变化万千的客观世界呢。这并非说真和美是天生蕴藏在艺术家的心灵里。这是说只有一颗有智慧、有修养的心才能写出真美善的作品。

只走了诺瓦里斯所说的第一步的诗人可能是躲在象牙之塔里，而跳过第一步妄想很好地走第二步的诗人也会跌倒的。所以提出"我—物—我—物"循环不已的创作路子，也许还是符合诗的写作规律的。当然物的天地极广，咏物派及里尔克等所关心、所要观察的物，可以不是我们所要观察的物。但由内省到观察物，再回到宁静中思考的路子还是有其普遍性的。

*本文首次发表于《诗探索》，1981（3）。

又听到布谷声

——谈王佐良先生的《英国浪漫主义诗歌史》

在近年现实主义、现代主义的大合唱中，中国的创作和评论界很少听见英国浪漫主义诗人华兹华斯的神秘的布谷鸟歌声了[①]。诗人说这鸟出没于密林中，歌声忽此忽彼，忽远忽近，引得诗人渴求、追寻。这只布谷鸟的神秘的歌声何尝不能解为浪漫主义想象力呢？浪漫主义所极端推崇的"想象力"正是这么一种来去无踪、不受上意识[②]统治的飘忽不定的灵性。雪莱曾在《诗辩》中将它比作海上的风吹起的波纹和沙滩上的痕迹。它不能为理性所把握，却又永远萦绕诗人艺术家的心灵。从20世纪初，现代主义占领了文坛后，华兹华斯的神秘的布谷

[①]　华兹华斯：《布谷鸟》。

[②]　即意识。

鸟和它那游荡着的声音就离我们日远。文学运动一旦发展成为文艺世界的中心后就必然从内部自我解构，也同时为未来的新的潮流打开门户。那曾以诗语革新入手（华兹华斯的《〈抒情歌谣〉二版序言》）取18世纪新古典主义以代之的19世纪英国浪漫主义，在20世纪初又被现代主义所代替。那促成浪漫主义诗歌的自我解构的是它在后期发展成一种温情松散、词语重复、缺乏新意的风格。但是任何文学潮流，虽有自身的兴衰，却总为文学创作与理论的总体留下它不可磨灭的踪迹（trace）和作品。前者是一种无形的存在，有如一种"能"，时时从作品中放射出、渗透入古今的作品，影响了人们对古今作品的阐释。因此，艾略特说当代的任何作品的诞生也改变不了文学史的过去。①浪漫主义诗歌的作品和理论虽然在20世纪失去它的势头，但它并没有消亡，也不会消亡。

20世纪初以庞德为创始人的意象派——现代派诗歌以追求坚实的结构、智性感性相结合的意象为新诗的目标，这样就使得20世纪上半叶的现代主义诗歌和理论以自己的类科学性和压紧凝聚代替了浪漫主义的飘忽模糊的审美。但在20世纪的后半叶，首先在美国当代诗就出现了反现代主义的后现代主义，典

---

① 艾略特：《传统与个人才能》，见《艾略特散文选集》，38页，伦敦，1975。

上编　再听布谷声

型的论战是美国的威廉·卡洛斯·威廉斯对艾略特的抨击，自此美国当代诗就由现代主义的压缩、凝聚、学院式的严谨又走向开放式的不确定和模糊。中国诗坛在1979年后经历了三四代青年诗人的摸索和尝试，匆匆地经历过自己的现代主义阶段，它的负面效果就是出现了一些冗长臃肿的诗行和一些硌牙的名词，现在正在寻找更新的途径。在这个节骨眼上听听浪漫主义这只布谷鸟的声音，也许会带来丰富的幻想，正像华兹华斯感觉到的那样：

啊，神圣的鸟，我们脚下的大地之景

又变得像

一片缥缈的仙境

那是你合适的故乡

（华兹华斯：《布谷鸟》）

浪漫主义在19世纪给时代的失望者无限的安慰，使他们能展开神圣的想象的鸟翅，飞出早期工业革命和1789年法国大革命变质所带给人们的痛楚。人类历史总是在其进程中或强调理性的分析功能或突出想象力的综合功能，这样就形成古典主义、现实主义及现代主义与浪漫主义以及后现代主义两类间的文艺潮流的兴衰轮替。后者更信赖想象力的飞跃、综合、解构与再结构的创造性，前者则信赖理性、逻辑的规范结构功能。浪漫主义希望用主观的想象力来驾驭客观存在，而前者则希望将客观的"真实"通过理性与逻辑的艺术安排来表达或重现。现实又总是一浪高一浪低地在时间里前进着，理性也许会给人指出走出维谷的途径，但想象力却能以其神奇的超越现实的能力保护受伤的心灵，或者给人们插上翅膀使他们能穿透困惑的迷雾。在理性失败的地方想象力的援助和拯救使人类精神世界得以逃脱崩溃的境遇。雪莱在他的《诗辩》中呼吁应当由想象力来控制理性的分析功能，而不是倒过来，这是典型的浪漫主义世界观。

从1979年到1991年中国的诗歌为了突破长期停滞不前的僵化的语言与艺术模式，为了寻求中国新诗在创作和理论方面的途径，跋山涉水，其间绝非坦途，也不是风平浪静。在西方的新和传统的旧的夹攻与冲击下，我们的手足都已落下不少伤痕。在苦思冥想的1992年，忽然我们又听见浪漫主义的布谷声，不由得产生一阵喜悦，先是在10月份举行了纪念雪莱200周年诞辰纪念，再是读到王佐良先生所著的这本《英国浪漫主义诗歌史》。这本诗史来得及时，因为它给正在彷徨其途的中国新诗的探索带来新的启示。有趣的是王佐良先生在序中有这么一段话：

> 30年代后期，在昆明西南联大，一群文学青年醉心于西方现代主义，对于英国浪漫主义诗歌则颇有反感。我们甚至于相约不去上一位教授讲司各特的课。回想起来，这当中七分是追随文学时尚，三分是无知。

时隔半个世纪，当初的现代主义追随者今天又再发现了19世纪的英国浪漫主义，虽然这并不意味作者对现代主义的否定；这只是说明：一个成熟的学者是会走出偏激的两极对立的、绝对主义的艺术审美，而发现：

> 但是浪漫是一个更大的诗歌现象，在规模上，在影响上，在今天的余波上。现代主义的若干根子，就在浪漫主义之中；浪漫主义所追求的目标到今天也没有全部实现……

这样一种深刻的史观对今天中国诗歌界和文学理论都是一次极有分量的提醒。事实上任何一种重要的文学艺术流派的生命，都会在适当的时候，以它的神秘的踪迹，将能量注入另一个新兴的潮流中，而被再发现，在不同的历史时间，重新出现在我们的视野里，在我们的文学天空里这正是文学艺术所以不朽的因素。今天，有时我们面对当前新诗作品中的过分知性、艰涩、造作，我们不是有时也渴望听到想象力化成的布谷鸟的飘忽声吗？不是也希望重新理解一下我们自以为早已熟悉的浪漫主义诗歌吗？

半个世纪以来我们一直听到"浪漫主义与现实主义相结合"的说法。我们又被告知英国的浪漫主义诗歌可以分成积极的与消极的两类，今天是再一次来考虑这些理论，重新来理解西方浪漫主义的内容和发展的始末的时候了。并且比较研究我们心目中的"革命浪漫主义"和英国浪漫主义有什么同异？这里包含着将直接影响大陆今后诗歌创作与理论研究的重要课题，它又是一个迄今我们没有去面对的课题。

《英国浪漫主义诗歌史》是一本断代史，包括12章和一个尾声，主要以彭斯、布莱克、柯勒律治、华兹华斯、拜伦、雪莱、济慈、司各特等主要浪漫主义诗人的创作、生平、理论为分析阐释的主要对象，中间穿插着对历史衔接和发展进行精辟的剖析的章节，加上尾声与索引共352页。近年西方学者对历史的解释强调其多元和复杂性；不可能以一部历史的一次撰写为终极。摩里斯·狄克斯坦在他的近著《济慈及其诗的发展》①中的序言引用豪·路·博尔赫斯的话说："现实如此复杂，历史如此断碎和被简化，一位博学无边的学者能够写出关于一个人的无数种传记，每种强调一些不同的事实……"这种史的多元观使得当代史学家得到极大的撰写空间。《英国浪漫主义诗歌史》是作者凝聚了数十年对英诗的研究的心得后，所撰写的一本有特色的诗史。

这本诗史不像传统文学史那样假设一种纯客观的陈述和资料的排列。我认为这是一本叙述体的史书，就是说，作者的第一人称主体始终在场。他像一位引路人带着读者和他一起走进英国浪漫主义诗歌的大殿。你时时听到他的充满心得智慧的评议，但又不脱离史实和作品文本。显然作者对诗歌文本、背景资料、历史、诗人生平传记都有过全面的研究和深入的思考。作者说这本史的撰写前后共经历十年，难怪能对研究对象及其相关的资料如数家珍。然而在叙述的过程却又能将诗、传记、文学史等资料糅成一个简洁的整体，丝毫没有勉强结合的生硬痕迹。加上作者是一位有着很高艺术素养的散文家，因此，使读者在读史时，又常常为撰写者的文采所吸引，那种亲切隽秀的文体与一般史书作者，端起史学家的架势，拿着与读者保持

---

① 芝加哥大学出版社1974年版。

距离的腔调的文体，有很大的区别。

这是一本可读性很高的史书。作者在撰写过程，始终明确他是为中国的学者和文学爱好者写这本书。因此他对如何表达，写到什么程度，强调些什么，如何对待大量的引文以及背景知识与诗歌艺术关系的处理等问题都是胸有成竹。这自然因为作者一方面是一位学识渊博的学者，另一方面又是一位执教逾半个世纪的教育家，因此，在书中他一直是在和他的读者对话，就像在讲坛上与学生面对面地讨论一样。也正因为作者打破了撰史者常用的拉大主客距离的文体，这本书很少将理论作为抽象的概念条款来处理。而是将睿智融于叙述中，形成一种不断地引导读者进入佳境的特殊史学风格。在对待文学史的继承与革新的问题上，作者喜欢在分析一位重要诗人的风格时从艺术形式上指出该作品所显现的继承和革新的关系。在文学流派方面，作者证实他在序言中的观点，即现代主义的某些方面可以在浪漫主义中找到它的根。例如，在评点了柯勒律治的《忽必烈汗》一诗中奇幻的世界与音乐性时指出：

> 这样的诗是 18 世纪及其以前所罕见的。所以我们说它是浪漫主义的新创作，英国诗史上的新品种。对于后世，它开创了以音乐气氛之美为主要因素的一类诗。等到 19 世

纪末年的诗人再把这类诗推进一步，我们就看见抽象诗、纯粹诗的前身了。

这段引文充分说明作者在撰写过程一直关注19世纪浪漫主义诗的承上启下、继承与革新的角色。在谈华兹华斯的"将自然景物和人的感触结合在一起的诗"时，作者指出18世纪的前浪漫主义诗人汤姆逊、柯怕、格雷、哥尔德斯密斯等"也都写过"这类诗；但紧接着又指出华兹华斯将这类诗发展到一个新的高度，在诗歌语言上体现了他的革新精神，挣脱了18世纪新古典主义套语的束缚，使诗歌获得新的活力，走进生命的更广阔的领域。

关于英国浪漫主义诗歌所孕育的现代主义因素，这确是一个很好的研究选题。站在当代语言与文学关系这一理论的新的高度，重读华兹华斯的《〈抒情歌谣〉序言》（1802）中的诗语理论，我们将有一个关于浪漫主义诗语的新的阐释，同时也能从新的视角比较现代主义先锋如庞德的诗论和浪漫主义先锋如华兹华斯、柯勒律治的诗论而得出一些新的观点。有趣的是我们意识到任何一个新的流派的崛起都必然伴有对于它以前的诗语的冲击和革新。浪漫主义的革新诗语，依照华兹华斯的《〈抒情歌谣〉序言》，是舍弃新古典主义的宫廷的脂粉气的修饰和套语，转而吸收人们的日常用语；现代主义在20世纪初崛起时又对浪漫主义文体的温情、松散进行了解构，重新追求凝聚与浓缩。从18世纪的新古典主义到20世纪的现代主义，英美诗歌语言经过了在语言力度上的一整个周期：

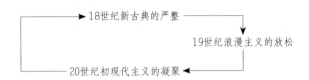

现在，在当代后现代主义的开放形式中，诗歌语言又重新走向松散，更加口语化。美国20世纪70年代的后现代派诗人如查尔斯·奥森、葛尔维·肯耐尔、詹姆斯·莱特、约翰·阿胥伯莱等的诗语已经完全与日常口语一致，诗的成分不再表现在语言的诗化，而更多由思维、感觉的诗化来体现。

《英国浪漫主义诗歌史》对很多研究诗歌发展的学者也是一本开卷有益的书，因为它启发我们从很多角度去探讨中西诗歌发展过程。譬如，从20世纪初我们的新诗诞生的年月起我们在哪些方面受到英国浪漫主义诗歌的影响？英国浪漫主义诗歌是在中国新诗发展的第二阶段介入的。"五四"之后中国第一代新诗人，由于在美学上延续着中国古典诗词着重意象的特点和重感性的传统，和西方此时期的意象派（现代主义初期）很相似，这是因为意象派的创始人庞德正是借鉴中国古典诗词中的意象因素而开始他的意象主义。但由于在20世纪20年代的中国，诗人和读者都更需要比意象派更能宣泄反封建激情的诗学，因此很快我们就在现代新诗里加入了英美的浪漫主义。这股浪漫主义诗潮加上20世纪30年代吸收的法国象征主义成为20世纪20年代到20世纪40年代中国新诗诗坛上重要的诗潮；它与俄苏的浪漫主义抒情及苏联现实主义诗歌在中国的移植，以及20世纪40年代通过学院传入的英美现代主义诗派，形成1949年前中国新诗坛的多元情况。

从20世纪50年代起中国的浪漫主义诗潮渐渐远离西方的浪漫主义，而形成自己的"革命浪漫主义"，在题材上强调革命内容，情感表达上追求气势磅礴和节奏高昂，这多少因为接受了当时苏联流行的诗歌理论，以为英国浪漫主义诗歌应分为进步的积极浪漫主义，以雪莱、拜伦为代表，与落后的消极浪漫主义，以华兹华斯和柯勒律治为代表。这种说法腰斩了英国浪漫主义诗歌运动，并且脱离了英国文学史发展的背景，无论是对诗歌理论及对文学史的科学理解都是不利的，对我国诗歌创作也起了一种错误引导。抛弃了浪漫主义的深刻内涵，将其简化成一种单调的激昂，使得我们的诗歌创作长期忽视内容的深入、细致和形式的艺术性。发展到"文化大革命"时期的诗语，这种粗制滥造、误将噪音当作音乐的缺点就暴露无遗了。也许正因此，在1979年以后随着改革开放的进行，中国三代的青年诗人坚决寻找新诗的全新途径。总的倾向是背离那种粗糙、简单化、貌似激昂的所谓"浪漫英雄主义"的中国翻版，重新向现代主义与后现代主义寻找启示。但正在此时西方的后现代主义却又反身向19世纪的浪漫主义寻找启发，以消解现代主义过度坚硬、沉重的风格。正如狄克斯坦在上面所说的序文中所指出的：

> 我们文化中很大的一部分现在正积极地进入浪漫主义的新层面，在文学方面，艾略特的经典主义及新批评的形式主义的控制力正在减弱，或完全瘫痪。批评家逐渐认识到浪漫主义在现代文学中的延续。[①]

序文作者又认为浪漫主义诗人首先是一种"危机诗人"及探索、创造型的诗人，目睹人类的灾难并梦想能拯救人类。

如果理想的追寻是人类赖以度过各种危机、继续生存所不可缺的因素，浪漫主义的不会泯灭就是当然的了。浪漫主义文

---

① 摩里斯·狄克斯坦：《济慈及其诗的发展》。

学的踪迹总会出没于人类的创作中，但并不是简单的再现，因为它本身也是经过解构、再结构、再解构的不断洗礼。历史的演进，总是在人们对过去的新的认识中进行。1992年中国文学迎来浪漫主义的布谷声是一件可喜的事，在我们案头的这本《英国浪漫主义诗歌史》出自一位学识渊博、循循善诱的作者之手，它的整体与形式都渗透一种学识的醇熟，使我联想起济慈在《秋颂》中所描写的秋天醇熟丰满的景象，因为写这书的笔确实蘸满了作者的学识之酒。

当高科技和市场经济成为时代的宠儿的今天，浪漫主义的布谷鸟传来几声飘忽而执着的呼叫，提醒我们文学更需要想象力的翅膀，不是很有意义吗？

*本文首次发表于《世界文学》，1993（1）。

诗的内在结构
——兼论诗与散文的区别

长期以来人们对于诗的第一个印象就是押韵、节拍整齐、有音乐感。但是事实上这种所谓的诗的特征已经不能普遍地运用在所有的诗上了。这自然是因为自由诗的出现和愈来愈多的现代、当代诗人对自由诗的发展和运用。那么一首自由诗与散文的区别究竟是什么呢？能不能将一首自由诗写成散文的格式（譬如说不分行），而使它变成一篇散文呢？反过来，能不能将一篇散文分行写，而使它变成诗呢？

我的看法是诗与散文的不同之处不在是否分行、押韵、节拍有规律，二者的不同在于诗之所以成为诗，因为它有特殊的内在结构（非文字的、句法的结构）。因此，一篇很好的散文即便押上韵、分行、掌握节拍，也不是诗，也达不到诗的效果；反之，一首诗如果用散文的格式来表达，它仍不是一篇散文，而成为"散文诗"，因为从结构上它仍然是诗。

这里我要将故事长诗除外，因为这种诗已经成为故事或小说的变种，正像诗剧是戏剧的变种一样，因此失去诗的典型意义。如果将现代小说与戏剧这类作品除外（因为现代小说、戏剧发生激烈的变化，它们很多时候向诗转化），诗与传统的小说、戏剧不同之处是诗的突出的含蓄。这种含蓄常常使它有着不同于上述的文学品种的内部结构。它主要的效果不是在于像小品文那样描写情景，不是像说理文那样以严谨的逻辑为主要因素，不是像故事、小说那样以展开故事为主，不是像戏剧那样以发展矛盾、解决矛盾为主，它的主要特性是通过暗示、启发，向读者展现一个有深刻意义的境界。

这可以是通过一件客观的事或主观的境遇使读者在它的暗示下自己恍然大悟，所悟到的道理总是直接或间接地与历史时代、社会有关。所以诗人被雪莱认为是个预言家，因为他常常走在时代的前面，预见到即将来到的历史风暴。但诗人是通过诗这种特殊艺术来预言的，他不发表演说，甚至他并不直接预报什么风雨，他却描写"山雨欲来风满楼"，或天色昏暗下来，或柳树不安地激烈地摇摆。已故当代美国女诗人塞尔维亚·柏拉斯（Sylvia Plath，1932—1963）曾有一个有名的说法，她说，她并不写广岛的原子弹或纳粹对犹太人的屠杀，但却写月光下墓地的凄凉。她的诗很多都深深带着第二次世界大战法西斯德国的凶残留在她心灵上的创伤。这里可以看出诗这个品种的文学所特具的暗示的魅力。

诗人的神经像最敏感的天线，接收着历史、宇宙传来的电波。他不断地通过外界和内心的一些现象向读者启发和暗示将发生的情况。所以读懂一首好诗总是令人兴奋地感觉到认识的提高和伴随着提高而来的感情冲击波。如果一首诗和标语一样一览无余，和论文一样层次清晰，它所要传达的信息也会被读者收到，但却不伴随任何惊讶或内心的激动，心灵的突然豁亮，或智慧的突然爆发，读者的唯一反应将是"知道了"，好像接到了一个早已料到的通知，没有什么可以兴奋的。

诗的特殊内在结构正是为这种只有诗才能有的暗示和启发的效果而服务的。这里我想通过一些诗说明两种类型的结构。诗的内在结构可以有很多类型，但它的目的都是为了使诗含蓄而有丰富的暗示魅力。假设将一首诗当作一个建筑物，我已经发现的这类建筑物的结构至少有两种：一种是展开式结构，一种是高层式结构。

展开式结构有些像我国传统的庭院房屋，通过第一进到第二进，第三进，第四进……直到后花园；又像我国的庙宇，寺院，一个大厅到第二个大厅，第三个大厅……每座大厅里坐着或站着不同的佛、罗汉，等等。当你读到这种展开式的诗时，你的惊讶可以一步步加深加大；也可能是对前面几个大厅的陈列感到很平淡、一般，但突然间当你跨进最后一个大厅时，猛然你发现出现在眼前的是一尊极美的如来坐像，他的低垂的眼睑，自然舒展的上肢，健康而优美的手态和大脚，强烈地吸引着你，好像将你引入一个深博的智慧的世界。你顿时感到一种心灵的提高。这种美和智的感受是读诗的一大愉快。

　　杜甫的诗在层层展开方面有独到之处，往往从写景开始，似无他意，但在诗的进展中突然出现诗人的情思，结尾时猛然煞住，使读者在一种惊奇兴奋的心情中忍不住重新将诗反复读几遍以体会诗人的心情。譬如，《舟月对驿近寺》是写在一个月夜，诗人停船在离古寺很近的水面。

> 更深不假烛，月朗自明船。
>
> 金刹青枫外，朱楼白水边。
>
> 城乌啼眇眇，野鹭宿娟娟。
>
> 皓首江湖客，钩帘独未眠。

全诗除最后两句之外，都是通过眼之所见和耳之所闻来写月夜的明亮和深夜的寂静，由于月光明亮，诗人能用眼睛在深夜里看见各种物件的颜色，如"金刹""青枫""朱楼""白水"。由于夜深寂静，诗人能听到很远的地方的声音。如，城乌啼声，一直到此，诗人只是用观察所见来写月夜水上近寺、城乌。在勾画出一幅感性很强的画面后，诗人突然写了两句自己的心情。"皓首"自然不是客观的报道，与"朱楼""白水"不同，这个名词唤醒了多少感慨。"钩帘"因为不眠，钩起帘帷便于眺望舟外，以排遣不眠之夜。设想这诗没有最后两句，前面的描写就都失去了很多内涵的意义，而成单纯写景，因为有了后两句，使读者突然意识到前面的描写原来是一个感慨万分的流浪老人的眼中所见的月夜，因此所写的景色也深深涂上一层感情色彩。由于在诗的结尾的高峰，诗的前半也增添不少深意，这就是展开式结构的艺术效果。

又如《日暮》这首也是具有展开式的结构：

牛羊下来久，各已闭柴门。

风月自清夜，江山非故园。

石泉流暗壁，草露滴秋根。

头白灯明里，何须花烬繁。

前面写暮景、入夜，月下流泉、秋草，第三、四句虽有思乡的流露，但基本是客观地写景，到了"头白灯明里／何须花烬繁"，诗人经过一段压抑、克制后感情突然爆发出来，形成一个高峰。灯花是吉祥喜讯的象征，诗人虚度年华，平添白发的处境使得他抱怨灯花捉弄人。展开式的结构往往使诗在高潮中突然结束，这就给读者一个很强烈的刺激，刺激他去思考诗人的寓意。在这首诗中多少用笔墨无法写尽的感慨和辛酸的经历都含蓄在最后的两句中。人们所熟悉的《茅屋为秋风所破歌》也是属于展开式。从"安得广厦千万间"诗就进入结构的高峰。这高峰有如塔顶的舍利，它是诗人愤慨与理想的升华。上述这些高峰是各首诗的灵魂，如果将其阉割，每首诗就失去它的生命和活力。但在散文中并不要求这样的结构。有的人以为只要用美好的词句、动人的文笔、抒情的色调来写一个内容，加上分行或韵脚就一定能写出一首好诗，但事实并不如此。我们常常碰见这种缺乏诗的结构的所谓"好诗"，读后总觉得像做了一次没有目的的旅行，或者始终没有能将我们带到目的地的旅行。无论哪一种好的文学作品总是有深刻的思想内容的，如果一首诗只是描叙一番而没有深刻的寓意，自然不能是佳作，即使有很深的思想，但缺乏一个体现这种思想的诗的结构，也会令人失望。因此有了美好的词句，有了思想内容，但还可能不是一首好诗，因为它缺乏诗的结构，它甚至算不上一首真正的诗。

19世纪英国浪漫主义创始人之一的华兹华斯写过一些结构极好的抒情诗。他的《布谷鸟》有一个层层展示的结构。诗的开始，诗人和布谷鸟的鸣声都是生存在当前的现实中。但是随着诗的进展，布谷鸟由真实中的鸟变幻成一个无形体的神秘的声音，这声音将诗人带回黄金的童年时代，直到在诗人的感觉里整个大地都成了仙境。这首描写布谷鸟声的诗至此就完成了它的，也是诗人感情经历的旅程。在另一首叫作《我独自游荡如浮云》的抒情诗里，诗人用的是突然揭露式的展开式，所以它给读者的感觉不是层层深入，而是突然的惊喜。诗人最初描写在独自漫步湖边时突然看见一片水仙，他刻意地描写水仙在风中摇曳、无羁无绊的姿态，诗进展至此，虽说也有十分优美的描绘，但还不给读者多少强烈的震撼，直到诗人说：

> 我凝视，凝视，但没有料到
> 这景象带给我多么丰富的酬报
> 现在，常常当我在睡椅上半卧，
> 情思空虚，心情低沉，
> 这些水仙花就在我的心灵的眼前闪烁，
> 安慰我孤寂的心情

直到我的心感到欢欣鼓舞

　　加入了水仙花们的欢舞。

这时诗人突然将湖畔一片普通的水仙花上升到一个不平常的高度，用他自己的想象作为照明，将想象的异彩投射在这片水仙花上，使它们像月光下的荷塘，夕照中的远山，涂染上非凡的神采。水仙花至此成了一种精神力量——欢乐——的化身，强烈地影响着诗人的身心，读者这时也被带入这种诗境。展开式在这里所达到的效果是突然的强烈的显示，不是渐进的。

　　华兹华斯的诗很多都具有相当典型的展开式，这里不能一一加以分析，特别值得我们注意的有《写于亭登寺附近的诗行》《采栗》等。一般来说叙事诗较不易使用这种结构，理由见前。但华兹华斯在他的《我们兄妹七人》的故事诗中却能采用这种展开式结构。全诗如果是一座宝塔，最后的两行就是塔尖。这两行使得全诗达到一个不平常的高度。诗中一个路人问一个美丽而天真的小姑娘："你有几个兄弟姐妹？"当农村小姑娘回答时，她坚持说："我们兄妹七人"，虽然她的一个哥哥和一个姐姐都已经夭折。诗人，通过小姑娘的天真的坚持，回答了在诗的第一节提出的问题：

一个天真纯洁的儿童

　　呼吸均匀憩静

　　"生"在她的四肢里跳动

　　对于死，她能知道哪些真情？

小姑娘的真挚感情和对死的无知无畏使得她天真地拒绝将死去的哥哥姐姐除外，当路人一再提醒她，在她和她那两个已逝的姐姐哥哥之间有一道不可跨越的生与死的鸿沟时，小姑娘顽强地坚持道"不，我们一共七个"。这首诗文字十分单纯浅易，常被选作英语中级读物，但诗的含意却是异常深奥的。诗人用浅显的文字对比了孩童和成人之间在对待死这件充满凄凉阴暗的悲惨遭遇的不同态度。孩子以她的天真的力量拒绝向死亡屈服，勇敢地坚持对已故的姐姐哥哥的挚爱，拒绝把他们除外，拒绝把他们交给死亡。诗人从这幼小的心灵所发现的勇敢和真诚是这首叙事诗的主题。而这主题只在诗展开到最后一节时才明确，因此诗的结尾两行起着画龙点睛的不可或缺的作用。这就是：

　　小姑娘顽强地坚持着，

　　她说，"不，我们兄妹七人！"

在歌德的《游子夜歌》中我们同样发现这种突然揭示高峰的展开结构。1783年9月，歌德在伊尔美瑙的吉息尔汉山顶写下了一首寓意很深的短诗，诗人在暮晚来临时看着寂静的、起伏的山峦，树林沉寂无声，鸟儿们已经入睡。自然界的宁静深深地浸入诗人的心灵，诗人有一种与自然默契的感觉，诗的结尾诗人从描写四周的宁静突然转入一个新的高度，写道：

> 等待吧
> 不久你也将沉入宁静。

从山的寂静、树的无声、鸟的安息而转入到人的"沉入宁静"，诗人突然引导我们思考人生的奥秘（生与死），生命从开始到终结的含意。这就大大增加了诗的深度。

里尔克的有名的咏豹诗也是建立在展开式结构上。此诗共三节，前两节基本是从外形上描写动物园中一只失去自由的豹，它的强壮的英雄的体态和它的囚徒的处境。在第二节的最后一行诗人展现给读者一个新的一面，这就是被困中的豹的意识。在描写豹不停地在铁栏后踏着圈圈之后，诗人深入到豹的精神状态，它的意识状态中，这时豹已经人格化了，它不再是一个动物，而是一个身在囹圄的英雄。他是这样雄伟，而又这般无可奈何，诗人说：

> 强韧的脚步迈着柔软的步容
> 步容在这极小的圈中旋转，
> 仿佛力之舞围绕着一个中心，
> 在中心一个伟大的意志昏眩。
>
> 只有时眼帘无声地撩起。——
> 于是有一幅图像侵入，
> 通过四肢紧张的静寂——
> 在心中化为乌有。

（冯至译）

当我们读完这首诗后，我们的注意被诗人引导走入豹的意识深处，不是从它的外形理解它的处境，而是深入到一个失去自由的灵魂内，哀叹它的可悲的困境。

上面举例说明了两种展开式结构，即层层展开与突然展开。还有第三种展开，就是在结尾的高潮中突然提出一个全新的思想，但并不再发挥，突然止住，而留下无限的空间，使读者继续思考。当读这种诗时，我们好像被引到一个塔顶，通过一扇窗户，看见远处迷人的景色，吸引我们去思考它，但诗至此就结束了，却留下余音袅袅，久久使人不能忘怀。陶潜的《饮酒》（结庐在人境）中就有这种结构的魅力。诗人从东篱下的菊花写到远山，又写到山前的飞鸟，这时突然将诗引入一个全新的境界，说道"此中有真意，欲辨已忘言"，至此诗人就停笔掩卷，却留给我们一种言语无法表达的韵味。

有趣的是这种结构同样出现在一些当代西方诗里。最近逝世的美国诗人詹姆斯·莱特[①]和目下活跃在美国诗坛的中西部诗人罗伯特·布莱[②]都写了一些这类结构的诗。莱特的《赐福》（A Blessing）是一个很好的例子。全诗共二十四行，诗人用二十一行来描写遇见牧场上两匹牧马的情况。以亲切的感情描写两匹牧马之间的友爱，由于将马人格化了，读者感到诗人是在描写一种今天西方社会中少见的真挚纯洁的友情。当诗人跨过矮栏，其中一匹黑白色的马走近他，表示友好，诗人为马

---

① James Wright（1927—1980），美国诗人。早期受罗伯特·弗洛斯特影响，晚期受奥地利诗人特拉克尔（Trakl）的启发，强调打开诗人的感情和理智的深处，挖掘出人类的喜怒哀乐。在诗中意象层出，结尾往往有惊人的高潮。

② Robert Bly（1926—　），美国当代诗人。在艺术实践上受20世纪西班牙超现实主义诗人洛尔卡（Lorca）与智利诗人聂鲁达（Neruda）的影响。他主张跳出事物性的、功利的角度来观察发展中事物，穿透表面现象写真实。布莱对散文诗的发展和欧洲、拉丁美洲诗人作品的翻译介绍有很大贡献。他和莱特很欣赏中国古典诗，特别是陶潜、李白、杜甫的诗。

的优美、文雅、友爱所感动，突然说道：

> 突然我意识到
> 若是我挣脱了躯壳
> 我将化成一树春花

这结尾强烈而突然。诗至此结束了，它意味着什么呢？诗从对马的生活的客观描写忽然跳跃到诗人当时主观上一个非常具体的内心经验。这经验十分含蓄地表达了诗人对马的友爱生活的羡慕，渴望自己也能摆脱了自己的身份、地位和西方社会的生活，分享马的那种纯真的感情，那时他将像一树春花样幸福。言犹未尽，诗已结束，留给读者对最后三行久久思考的空间。在他的另一首叫《闲卧在达非农场的吊床上》的诗中，诗人先描写日落时独自静卧在农场的吊床上，凝视着眼前树干上憩息着的棕色蝴蝶，听着远处山谷里的牛铃，天色渐渐暗下去，一只昏鸦在寻找栖处。这是静寂没有行人的树林，诗人在万籁寂静中忽然想道：

> 我曾经浪费了很多时间

诗就停在这个音符上。在对环境的描写与诗人的感想之间是一个很陡的坡，需要读者自己去爬。对于这最后的一行诗我个人的理解是表达诗人对繁华而虚伪的生活的厌倦。根据莱特的其他的诗看来，他对当今资本主义社会的许多现象是有批判的。譬如在一首关于娼妓生活的诗中，他怀着无限同情的目光观察那些在黄昏时成群走向街头出卖肉体的娼妓。因为妓院在河边，诗人将妓女们比作被驱逐入水的水禽，终夜沉浮在河水中，黎明时才能上岸晒干湿冷的翅膀，最后诗人沉痛地说道，这条河的一岸是地狱，而另一岸也不过是一个同样的地区，因此这些妓女走投无路，怎样也难跳出魔掌。这首诗是以震撼人心、深刻、强烈的控诉结尾，最后一节只有寥寥的三行诗，然而却像猛掌，给读者有力的一击。

莱特的好友诗人罗伯特·布莱也很擅长运用这种在诗尾别开生面的展开式。但他的诗更富于象征性，属于超现实主义。他将日常生活的情景，如睡眠、散步、乘火车都转换成幻境，而后寓意于其中，因此更难以言传。这里仅以下面一首小诗为例，看看超现实主义的诗怎样使用这种结构：

> 几周伏案，终于能出门散步，
> 月亮已沉，徒步，无星，没有一丝亮光！

在这旷野里要是一匹烈马向我飞奔？

我没有在孤寂中度过的日子都白费了。

（《长时间的忙碌之后》）

一、二行是写实，三行是诗人在静夜荒野散步时产生的幻想，四行来得十分突然，它告诉我们诗人感觉到独自一人闲步，摆脱一切俗务，是最幸福的享受。如果我们记得金钱在资本主义社会带给人们的压力和烦恼，诗人这种心情是可以理解的。

以上一共提到三种展开式，它们的共同点是一切寓意和深刻的感情都包含在诗的结尾，或是层层深入，或是奇峰突起，或是引人寻思，总之结尾是全诗的高潮和精华。如果用图像来表示，这三种展开式分别为：

如果展开式是一幅轴画，一步步地展开在读者的眼前，高层式就像一座塑像，给读者强烈的立体感；如果展开式是我国传统的宅院，多层式就是楼房。这种诗的结构似乎很少出现在古典的或浪漫主义的诗歌里（布莱克的诗除外），是现代派诗

歌常用的一种结构。它的特点是多层的含义，在现实主义的描述上投上超现实主义的光影，使得读者在读诗过程中总觉得头顶上有另一层建筑，另一层天，时隐时现，使人觉得冥冥中有另一个声音。这里有两种可能：一种是诗人在两种不同的经验中找到共同的东西，因此在写A经验时，有意使与它有密切关系的B经验隐约出现。另一种情况就是在写一种经验时不仅写其形，而且使它的神，也就是本质的精神，隐约渗透，这样就成了高层式。影射寓言属于前者的一种。影射和寓言虽然在民间、古典、浪漫文学中本有，但传统的寓言很像一个药葫芦，本身已被挖空，只起一个装药的作用，因此并没有高层、多层之感。而现代派的神话寓言和影射的象征意义正在于它同时呈现A、B两种经验，使之或相交织，或一者为主，另一者时隐时现，这样就产生一种现实与梦幻交替出现的恍惚的感觉。也就是带有梦境的色彩的现实，和具有现实的细节的梦境存在诗里。这一点是古典或浪漫主义文学所没有的。

美国现代诗人罗伯特·弗洛斯特写过一些诗是很好的高层结构诗。他的诗在形式上较保守，很多作品都没有脱离20世纪以前的诗的格律传统，但从思维结构上讲，弗洛斯特的诗很有现代派象征主义的特色。他常常运用高层结构使得他的描写新英格兰农民经验和农村景色的诗染上象征色彩。打开弗洛斯特的诗集，这类诗比比皆是，这里只能略举一二。

《雪夜林中小停》是一首既写实景又富象征意味的小诗。诗写雪夜路过一个熟人的树林，稍停即继续赶路。这首诗对雪夜树林的雪景及寂静有极妙的描写，这里略去不谈，只谈它的高层结构问题。第一节中当提到树林的主人时，诗人说：

> 这树林是谁的我知道
>
> 他的房子在村子那头
>
> 他不知道我路过小停
>
> 看积雪压满幽径枝梢

由于诗人只用一个"他"字代表树林的主人，"他"自然既是一个诗人的熟人，又含有比一个单纯的"熟人"更多的意思。"他"是谁？这里就产生了一个现实的"他"和一个象征的"他"的高层结构。由于"他"是有多层意义的，"他"的"树林"也增加了象征的色彩，而雪夜悄悄地经过一片不普通的树林这一行动也获得多层的意义。现代诗的一个特点就是它有象征的色彩，有多层的结构，但却不使用传统的文学中的象征符号，譬如，雪代表纯洁，玫瑰代表爱情，等等。这里的"他""树林""雪夜"都使你隐约地感到有现实之外的象征意义，但它们究竟代表什么却最好不要轻易给以规定。那象征的高层隐现如一个飘来的声音，它影响着诗的内涵和情调，但并不做僵死的规定。这是现代派诗的象征主义与传统文学作品中的象征符号的运用很大的不同点。

在象征主义的运用方面，艾略特的诗比起弗洛斯特的一些高层结构的诗要具体，仍然带有符号的作用。譬如，在《荒原》中，水、岩石的阴影、风信子还是有一部分符号的作用，象征着某种事物或某种情景。"岩石的阴影"根据《圣经·旧约·以赛亚书》第三十二章第二节是救世主的象征。水是生命的象征，风信子，根据希腊神话，与一个被阿波罗神热爱但又误杀的少年的名字一致（风信子，拉丁文学名为"hyacinthus"），因此象征不幸的爱情。

《雪夜林中小停》的第二节、第三节通过马儿感到奇怪和马铃声衬出雪夜树林的寂静和诗人在林中短暂的停留的意义，诗人说小马心里怪纳闷，为什么在这寒冷的夜晚主人要在这无人烟的荒凉森林湖畔停留，它摇了摇马铃，好像问说是不是停错了地点，回答它的只有风声和鹅毛大雪。这两节显然使读者感觉到诗人的逗留是不寻常的，雪林对他有着不同一般的意义，但这特殊的意义究竟是什么？诗人却不想直言。接着在诗的最后一节诗人加深了前面的神秘气氛，说道：

森林迷人、阴暗、深沉，

但我得赴约赶路程，

还得走长长的里程，在安睡之前，

还得走长长的里程，在安睡之前。

诗人要赴约，是和谁相会？在"安睡"之前，显然不是一般的睡眠。至此诗已结束，读者觉得这首小诗不止一层结构。以最底层而论，它似乎十分单纯，连中学生也可以理解，但那悬在空中的另一层结构却向成熟的读者提出很多思考和解释的空间。

《没有被挑选的路》是写在秋天时，诗人在森林里散步，在他面前呈现两条小路，同样的幽美，他选择了一条草更茂盛的小路。在诗的结尾诗人说：

若干年后的一天

我将边说边叹息

林中两条小路摆在我面前

那条少有人走的成了我的挑选

这抉择造成了重大的差异。

读者自然都会意识到这里所写的绝不是一次散步时走哪条小路

的问题,那仅是结构的底层,而在这之上还有一个高层。这里诗人透过一个普通的人人有过的经验写出更深的人生经验:选择少有人走的道路和结果造成的差别。

《修墙》写的是作者作为一个新英格兰农民,在一次春天修墙时的经验。这首诗显然也属于多层结构。在底层是很具体的修墙经过。而在上层则是一些抽象的、象征的含义。现在让我们用图表表明这首诗的多层结构:

底层:	地冻和猎人 破坏了墙	墙的两种作用: 善邻、防止侵犯	邻居要墙,诗人怀疑墙有 存在的必要
	↓	↓	↓
高层:	内部的和侵 入的力量破 坏了墙	人们利害矛盾、互不 信任是墙存在的因素	保守主义的狭隘、自私与 人文主义者理想;天下大 同间的矛盾

《摘苹果后》一诗中,最底层写的是秋收时苹果大丰收,诗人在摘苹果后很疲倦地站在梯子上如醉如梦的感觉。但是"苹果""梦""入睡"都具有象征的色彩。摘苹果使人联想到夏娃摘食了乐园中的苹果,因此意味着追求非分的幸福;摘了很多苹果后感到困倦欲睡,而这个睡不是普通的休息,却是"一种人类的睡",指的很可能是亚当、夏娃离开乐园后开始长长的"睡眠",也就是人类充满矛盾的历史的开始。这首诗作为一首描写秋收摘苹果的现实主义作品也是十分传神的。

它写了果香洋溢，秋天清晨的薄冰，正午的暖意，摘苹果农民心满意足，愉快而疲倦的感觉。但在这现实主义的底层结构之上，确实有很明显的超现实主义的一层结构，它渗透着底层，为诗增加一些不寻常的意义。

《白桦树》写了三种情况：冰雪压弯白桦树的景致，孩子们，譬如说一个牧童，爬上白桦树，再从树梢滑下地的情况，诗人自己幼年时从白桦树上滑下地的经验。从底层看来这是一首描写农村冬景和回忆童年天真的游戏的诗，它确实有着细致的观察和描写，唤醒人们对冬季自然风景、农村、儿童等方面的喜爱，但这首诗使你觉得绝不仅仅停留在这个水平上。因为在诗的结尾诗人写道：

> 我也曾是一个爱爬白桦树的人，
> 如今还梦想能再爬一棵白桦，
> 尤其当生活令你愁闷，烦恼
> 好像一个没有路的森林，
> 脸上烧伤，蛛丝缠面，
> 一只眼睛被树枝刺伤流泪。
> 我多想离开大地片刻，
> 然后再回来，从头开始。

命运千万不要误会，只允许我

请求的一半，将我掳走，

而不再回来。地上是可爱的，

没有比它更好的地方。

我愿爬上白桦树，离去，

爬上白色树干上的黑枝

进入天堂，直到树枝再也支撑不住了，

低垂枝梢，将我放下，

上天堂又返回大地，多么美好！

有时命运可以比爬树差得多。

显然爬上白桦意味着离开世俗的烦恼，但诗人终于还是喜爱人间，因此他还希望返回大地。有了这一层意义之后，全诗的现实主义描写部分也增添了不同一般的色彩，常使读者仿佛置身在真实与象征两种世界之中。"实"与"幻"成了重影，像交叉的灯光给予诗一种异彩。

弗洛斯特诗中所用的这类高层结构在20世纪中叶的超现实主义诗中有了发展。在弗洛斯特的诗中，现实主义这底层结构是诗的主要骨架，而超现实的高层很少单独出现在诗里，却往往以虚幻的光彩浮泛，渗透在现实主义的结构上，使读者感觉到隐约之间还有一层超出诗中现实主义描述的深意存在。但在20世纪后半叶，有些超现实主义诗则进一步将高层结构引进诗行中，使它与现实主义的底层结构并存在诗中。这样，超现实主义的性质就更具体、更固定，而不是若有若无的飘忽的色彩。这是因为20世纪的后半叶所产生的超现实主义诗更希望直接表现心灵中很多直觉的、无意识的活动。譬如，美国当代诗人罗伯特·布莱的许多超现实主义的诗就是将有意识的观察，也即现实主义的底层结构与直觉和无意识的活动并列在诗中，这样就形成真实与幻觉并肩出现在诗中的情况。这种诗较难理解，因为人的直觉和幻觉产生的根源往往有很深的主观原因，它的根是深埋在诗人的心灵深处，为他的感情、经验、教育、文化所哺育，有时由于读者和诗人间有某种共同的经历和背景，这些貌似古怪的超现实主义的诗也就对这位读者袒露它的秘密。这里将举布莱的一些诗说明这种类型的超现实主义高层结构。

布莱是居住在明尼苏达州立大学的诗人、教授。他对于自然界有很深的兴趣，在他的诗里和在弗洛斯特的诗中一样对农村景物的描写占很重要的地位。只是一个写的是美国东部新英格兰的农村，另一个写的是中西部的农村景色。布莱对陶渊明的诗十分喜爱。在他的一本诗集《千载树》（*This Tree Will Be Here For A Thousand Years*）的卷首诗人引了陶渊明的《饮酒》

中的数句：

> 劲风无荣木，此荫独不衰。
>
> 托身已得所，千载不相违。

　　这本诗集所收的诗都属高层结构式，而且是新的超现实主义的高层式。由于我们和布莱之间有某些共同的文化背景，这就是他喜爱的我国的自然诗和魏晋时代的哲学思想，他的某些用超现实主义高层结构写的诗我们是可以理解的，上面引过的陶诗"此中有真意，欲辨已忘言"的这种境界正是布莱的某些自然诗的思想。他常常写他的心灵与自然景色默默交往时的一种感觉，有些是直觉，有些是幻觉。对于这个艺术途径理解了后，布莱的有些似乎很古怪的诗也就可以理解了。

　　当然布莱生活在今天的西方社会，"自然"在他的心灵上所引起的反响不可能和中国诗人所感觉到的一样。但是在艺术途径方面他和很多我国古典诗人，尤其是陶渊明，有一点相似，这就是他们都愿意将自然看成独立在人的意识之外的一种有生命的力量。因此山、水、树、石仿佛都有它们自己的个性。因此，布莱在写他所居住的明尼苏达州的雪景、树林、湖畔时，都使读者感觉到他对待它们像对待一个朋友一样。他凝视、研究自然，接触自然界中的一草一木，仿佛和朋友相会交谈时一样地全神贯注，他的描写是这样的真实、亲切，同时他还以直接而简单生动的语言写下他自己的感受，这不是对他的思想感情的抽象的概括，往往是十分具体的感受，是"自然"在他的感觉里所引起的一幅幅画面。在这些画面里寓有诗人的思想、哲理，当然这些思想和哲理有些不是那么容易被我们理解和接受，不过这种艺术途径却可供我们参考。下面的一首诗是较容易理解的：

田野又一次昏暗，

宿愁已经离去

我伸出手臂

拉入怀抱：那黑色的田野，

秋雨连绵，整个早晨

滴落在屋顶上，

我觉得像一只蝴蝶

高兴地待在牢固的茧子里

我终止了阅读，

我的一部分肢体已经离去，

它在户外，在行走，

匆匆地在雨中走远！

起身向外面瞧

我看见一只公鸡

在湿漉漉的草中迈步。

（《秋雨读书》）

诗人将自己和在雨中行走的公鸡等同起来，呼应着第一节将昏黑欲雨的田野拉入自己的怀抱，化为自然的一部分以体会万物的感受，渴望与自然界万物交流是这首诗的思想。将这首诗和前面弗洛斯特的诗相比较，就可以清楚地看出那原来在弗洛斯特诗中只是隐约出现的超现实因素，在这里表面化了，而且具体化了。诗人不是暗示他想化成自然中的一部分，而是具体地描写了他的幻觉，即自己与雨中公鸡合一的幻觉。下面是另一首：

芦苇荡已入黑夜，

湖上仍是白天，

黑暗侵蚀了阴沉的沙滩

它使我想起多少其他的黑暗！

婴儿初生时的黑暗，

动物颈部涌出鲜血的黑暗，

一个小小的金属飞向月球时的黑暗。

（《停舟芦苇荡》）

对于布莱，"生"往往是"死"的开始，而黑暗是黎明的开始。辩证地发展和转化是他看事物时遵循的一个原则。诗最后三行所提的是初生的黑暗，死亡的黑暗和科学探讨、开发宇宙时所遇到的黑暗。自然界的现象（黑暗）就这样在诗人的心里引起一系列的思考。

马儿跪在膝上睡着了，

一只老鼠跳出凌乱的稻草

钻进鸡窝

鸡群在沉沉的黑暗中静坐

睡着，它们像木棉树上落下的树皮

但我们知道它们的灵魂已经出窍

升向高空，远远飞向月球。

（《夜晚农场》）

这里现实而细致的观察显然与超现实的幻想交织，并且最终为超现实的情调服务，超现实主义文学和艺术往往是对现实主义的细节进行主观的、超现实的安排。

在另一首诗中高层的超现实主义结构有着很明显的存在：

> 穿过风雪，我驶车送二老
>
> 在山崖边他们衰弱的身躯感到犹豫
>
> 我向山谷高喊
>
> 只有积雪给我回答
>
> 他们悄悄地谈话
>
> 说到提水，吃橘子
>
> 孙子的照片，昨晚忘记拿了。
>
> 他们打开自己的家门
>
> 橡树在林中倒下，谁能听见？
>
> 隔着千里的沉寂。
>
> 他们这样紧紧挨近地坐着，
>
> 好像被雪挤压在一起。
>
> （《圣诞驶车送双亲回家》）

老人回到家里，打开家门，消失了，这都是极现实的描写。老人的衰弱，对驶车在悬崖的担心，对生活的眷恋，对孙儿的喜爱，这都是很现实的描写，是诗的底层，但笼罩全诗的却是那超现实主义的情调和气氛。生命的终结，这即将来到的悲剧，是这首诗的高层结构。门开了，老人们消失了，他们的消失有着超现实的意味，老人们的孤寂使他们相依为命，然而将他们挤在一起的是"雪"，不是什么温暖的生活。在繁华的世界里，人们的关系发生了异化，老人们的死像橡树在林中悄悄倒下，千里外的亲友无法知道，路途遥远，只有一片沉寂陪伴他们的死亡。这首诗中现实主义的描写与高层的超现实主义的因素相辅相成，增加了诗的深度和魅力。

这种高层或多层的诗的结构是现代派诗，尤其是超现实主义作品的特点。前面已经讲到底层是由现实主义的精确细节部分构成，而高层则由超现实主义因素构成。法国画家塞尚曾说艺术是"一些真实，又具体，并且经过艺术造作的某些东西"①。现代派中的超现实派强烈地体现了塞尚的这句名言。在弗洛斯特和布莱的诗里我们能遇见大量的对于农村、自然、动物、农业劳动的十分具体而真实的描写，但从全局来看诗的

---

① 威利·塞福（Wylie Sypher）：《文学艺术自洛可可式至立体主义》（*Rococo to Cubism in Art and Literature*），288页，纽约（New York:Vintage Books），1960。

结构是经过艺术的特殊安排的。这种特殊的安排使得原来不相联系的两个或几个经验的几桩事情，几种物体相联系起来了，或者是给一些原来很平凡的事物以不平凡的特殊意义，因此产生了高层结构或展开式结构。比格斯拜[①]很精确地总结超现实主义的手法说："我们都知道超现实主义的手法部分在于使平凡的物体获得不平凡的性质；使明显的不相关联的物件、意念或文字碰在一起，以及坚决地将事物和它的上下义割裂。"

这段文字正好补充说明了所谓的"艺术的创造性的安排，或艺术的造作"。造作就是非自然的，因此高层就是由艺术在写实的底层之上所建立的另一层奇特的结构。

上面介绍了较常出现的诗的两类结构。这种结构是与诗的特点不可分开的，是使得诗不同于散文、小品文的主要因素。诗与散文、小品文的主要区别是什么呢？亚里士多德在《诗论》中比较了诗与历史的区别。他认为："（因此）诗是一种比历史更富哲学意义、更高的东西。因为诗是要表达带普遍性的事物，而历史则表达特殊性的事物。"（第九章）这里亚里士多德对诗的特点进行了高度概括。诗不但比历史，应当说比其他文学品种更富哲学深义，更强调在尽可能短的篇幅里通过

---

① 比格斯拜（C. W. E. Bigsby）：《达达主义与超现实主义》（*Dada & Surrealism*），60页，伦敦（London:Methuen），1972。

丰富的意象传达强烈的思想、感情；这种思想感情带给读者对人生、对历史、对时代的深刻认识。亚里士多德在他的有关伦理学的著作中又指出，人有强烈的求知欲。按照这个理论他在《诗论》中突出诗有使人们"领悟"的功能，在悲剧中这种觉悟是由于对悲剧情节的突然发现。我们如果将这种突然领悟的功能用在诗的范围，那就是使读者突然领悟诗人在作品中所要表达的、具有深刻意义的思想感情。这种领悟也可以说是一种顿悟，因为在诗中，不像在散文或其他文学品种中，领悟的来到是伴随着惊叹、意外、兴奋的感情，它来得异常突然，给读者的求知欲以充分的满足，这种快感和满足的强烈程度比散文和其他文学品种所能引起的要大得多。根据亚里士多德所说，我们可以概括诗的特点及人在读诗时的文艺心理，如下：

1. 人有强烈的求知和掌握真理的愿望；

2. 诗以丰富、新颖、精确、深刻的意象表达作者的思想感情；

3. 诗所创造的意境启发人顿悟真理；

4. 人在强烈的感受中得到精神的提高与审美的享受。

当然各种文学作品的功能、效果都会有所相同的，但诗的突出特点是它带给读者的"领悟"是突然的，也因此特别集中和强烈，散文和小品文是达不到这种效果的。这种豁然开朗的顿悟给人们的强烈快感，是人们在读诗时所渴望得到的，而只有当一首诗具有诗所特有的内在结构时，它才能给读者这种满足。换言之，诗的内在结构是实现诗的这种特殊功能所必需的有机组成部分，一首诗可以不押韵，却不能没有这种诗的内在结构。修辞的美妙细微的观察，音调的铿锵都还不足以成为构成好诗的充分条件，正像美丽的窗格，屋脊上的挂铃都还不能构成富丽的宫殿，只有结构才能保证一首诗站起来，存在下去。

当然，诗的内在结构并不像建筑物的钢筋水泥架那样有形，那么，它是怎样构成的呢？诗的内在结构是一首诗的线路、网络，它安排了这首诗里意念、意象的运转，也是一首诗的展开和运动的路线图。亚里士多德在谈到悲剧的情节时提出，"情节是第一原则，并且是悲剧的灵魂，人物居第二位"（第六章第14节）。情节的安排是悲剧的灵魂，在诗里意念、意象的安排（即诗的内在结构），也是诗的灵魂，它决定一首诗的生命的开始、展开和终结。在展开式中，诗向着纵的方向展开，在高层式中，诗向多层的横的方向展开。诗必须在运动，在展开，才能给读者带来顿悟，这种展开和运动的方向决定于诗的结构。有的诗由于没有内在的结构就不能有层次地将读者引向"顿悟"。这种诗是一个死胎，写得再精美也因为没有生命，没有运动，而完成不了诗的功能。

有这样的诗：作者竭力用激动的文字渲染着诗行，努力作细节的描绘，但终因没有好的内在结构，失去了方向，而不能引读者入胜，最后并不能使读者有什么震撼心灵的领悟，读者走出了诗篇后感到做了一次没有收获的旅行，虽然沿途也看到一些花草。在一篇散文或小品文中细节、描绘、叙述可以占很重要的地位。但在一首诗中这些是相当次要的。人们要求的是在极短的时间里突然领悟那更高、更富哲学意味，更普遍的某个真理。这可以是诗人感情的果实，也可以是理性的果实。诗没有果实，只有"精美"的外壳（词句、描绘）是一个艺术上的失败。

现在我试图接触一个更困难的问题。这就是在创作的过程中诗人是怎样找到一首诗的结构的。人类艺术创作的精神活动无疑还是一个有待大力探讨的领域，要想在这里谈清这个问题是困难的。下面只是一些个人的想法和体会。

亚里士多德十分强调情节与作品之间的有机关系。情节不是生硬编造用来给读者和观众低级娱乐的，情节应当是戏剧作品的基础，与戏剧的中心思想、主题是有机的结合。诗的内在结构与诗的中心思想的关系也是这样的，它是诗的灵魂，就是说，它使得诗的内容能层层展开，它与诗的内容的关系并不像瓶子与酒，后者的结合是暂时的，形式的。当代研究结构主义的学者麦可·兰恩（Michael Lane）说："结构并无固定内容，它的内容自己呈现在一个逻辑的组织里。"（《〈结构主义入门〉序》）这说明结构和内容的关系是有机的，而不是瓶酒间的关系。所以诗人在写诗前要经过一个感性、理性的升华。诗人的感觉长时期为他存储了大量的资料，诗人观察世界，思考问题，体验生活，经历感情的风波，这不过是诗的素材的积累，这些素材要变成诗的内容必须经过一次艺术观、灵感、想象对它们的发酵和催化。在这过程中内容就呈现在某种逻辑的安排里，这时结构就诞生了。

结构的诞生是诗创作的关键时刻。只有词与只有意都不能保证一首诗的诞生，只有当诗人对所要写的诗有一个整体的结构感时才能有把握地动笔疾书。这种结构感在写的实践的过程逐步清晰具体起来。如果借用胸有成竹的说法，这"竹"在诗人的情况就是结构感。诗的内在结构不是文字，也不是思想，而是化成文字的思想，与获得思想的文字以及它们的某种逻辑的安排。下面举一个例子说明只有思想或只有词句都还不能成诗。

据法国名诗人保罗·瓦勒里说："大画家德加（Degas）常常对我重复马拉美（Mallarme）的一句真实而朴实的话。德加偶尔也写诗，有些他遗留下的作品是很喜人的。但他常想到这些绘画以外的辅助作品很困难⋯⋯一天他对马拉美说：'你们这种艺术真是见鬼！我充满了思想，但却不能表达出我的意思。'马拉美的回答是：'亲爱的德加，一个人不是靠思想来写诗的，而是用词句写。'"①这里瓦勒里转述了马拉美的话，否定了只用思想来写诗的途径，但却没有反驳那些以为只要有了词句就能写出好诗的观点。事实上将诗看成辞藻的堆砌，或文字的巧妙游戏也是会失败的。只有当思想化成文字，文字化成思想，而二者又按一种诗的结构呈现时，才可能产生一首好诗。

文字、思想、素材及模式是什么关系呢？让我们设想素材是一种溶液，文字、思想是溶化在其中的物质，在一定条件之下文字和思想就会相结合，并以晶体出现，这些晶体有它的结构，这样就产生了诗。

现在西方文艺理论也有一种流行的说法，就是认为素材像天空的群星，诗人必须找到怎样将群星分成星座，而一首诗的诞生也就是一个星座（由一定数目的星星组成）的形成。

法兰西斯·富格森在他的《〈亚里士多德诗论〉序文》中解释"情节"是悲剧的灵魂时说，情节的产生是一种"造形"的力量，情节使得一件事成为一个悲剧就像使一个蛋经过各个

---

① 保罗·瓦勒里（Paul Valéry, 1871—1945）：《诗及抽象思维：舞蹈及走路》。

成长阶段变成一只小雏。结构也是这种"造形"的力量，结构就是"整体的各组成部分之间的相互关系"（《威伯斯特新世界英语字典》）。这种相互关系形成了，结构就产生了。素材、语言、思想都是诗的组成部分，诗的整体所需要的是对这些部分间的关系进行有意义的安排，这也就是它的结构。

诗人怎样才能找到一首诗的结构呢？这个创作的环节不太容易讲清，也许可以借用灵感这个名词。总之，是一个突然间豁然开朗的经验，片刻之间星座形成了，星星们各自找到自己在星座里的位置，模式形成了，结构呈现了，现在只等诗人下笔疾书。在这宝贵的关键的刹那来到之前，有时是会有些迹象的。譬如说突然在诗人的脑海里涌现出一个意象，或者突然他的注意力被所观察的事物的某个特点所紧紧吸引，使他感到此中有很深的意义，而想把这意义从半幽暗中拉到意识的亮光中来。当然，长期地观察现实是一个不可缺少的因素。

上面说过结构的形成是一种思想艺术的升华，它是一种质变、突变。在这个过程素材转化成艺术，成诗，但并不是所有的诗的形成都是顺产。有时部分素材形成了诗，但另一部分的转变迟迟不能完成，这样全诗的诞生就遇到阻碍。例如19世纪英国诗人 A. E. 霍斯曼说，在一次午饭后散步时，他突然获得一首诗的两节（每节四行），第三节在一个星期后才出现，而第四节的完成却用了一年时间。

　　这里并不是要将创作讲成一种神秘不可思议的活动。但是创作，特别是诗的结构的诞生确实是一个十分微妙复杂的脑力活动。这里包括观察、回忆、下意识的储藏经过上意识的组织，思想与感情在意象内的结合，词找意，意找词等，而这一切的进行又并非诗人可以随意指挥的，就好像人们无法指挥自己的肠胃进行消化一样，但当这一切艺术活动在默默中进行完毕时，就会有一个诗的结构涌现在诗人的心目中。

　　诗的结构必然有多种多样，这里只谈了展开式与高层式两种，如果仔细分析古今中外的名诗，一定可以找到更多的结构类型，那将是一件有意义的事。诗的结构像一座桥梁，连接了诗人的心灵与外界，连接了诗人与读者，诗人是通过这种结构给他的精神境界以客观的表现。诗的真意存在于它的结构里，在读诗时如果较清晰地掌握了一首诗的结构就可以对它有深刻的理解。在诗的欣赏中培养自己的结构感是很重要的。结构感是打开全诗的一把钥匙，特别是在读现代较艰深的诗时，如果有了这把钥匙，即使个别词句、诗行费解，也能对诗的全局和要义有所理解，而不至有无从接近该作品的感觉。

　　*本文首次发表于《文艺研究》，1982（2）。

意象派诗的创新、局限及对现代派诗的影响

　　造成文学各种流派的许多因素之一就是艺术观中主观与客观的关系。现实主义的艺术观是通过艺术来反映客观世界。人的思想意识是一面镜子,诗人举着这面镜子,让自然中的美丑善恶都照照镜子。莎士比亚也许可以算是文艺复兴时期较早正式提出这种艺术观的人之一。他通过《哈姆雷特》对演员们的演技进行辅导,说出了这个观点。在这种现实主义的艺术观中,客观世界是表达的对象,主观只是用来表达客观的媒介。乔叟虽然生在莎士比亚之前,他的《坎特伯雷故事集》,及莎士比亚的戏剧都是这类给自然照镜子的典型作品。

　　到了19世纪,西方资产阶级民主革命和工业革命给人们带来了激荡的生活。革命的情怀高涨,富有时代感的诗人心中充满强烈的反抗情绪,诗人自己的主观世界中也波涛汹涌:有对理想的追求,有对现实的不满。这样就使诗人产生了在诗中申

诉自己的思想感情的愿望，因此就产生了浪漫主义的艺术观。这种艺术观以申诉主观世界中的激情、痛苦和渴望为艺术的主要目的。无论诗人写抒情小诗也好，神话诗剧也好，目的都在写主观精神世界的感受。雪莱在《印度小夜曲》中描写当爱情强烈地冲击他时的感受，他喊道："让我死去！昏倒！我虚弱无力！"

这当然是诗人主观的感受。但即使在长篇神话诗剧《解放了的普罗米修斯》中，诗人也是用象征的手法写主观的精神状态，写诗人的心灵所经历过的痛苦、渴望和幸福。华兹华斯在《写于亭登寺附近的诗行》中描写了自己从孩童到成人之间的心理变化。拜伦在《曼弗雷德》中描写自己的内心感情症结。因此在浪漫主义艺术观中主观是表达的对象。即使写客观世界，如写自然界，也是为了表达主观在自然面前的反应。

浪漫主义经过它汹涌澎湃的壮年后，在1880年左右退化成矫揉造作、堆砌辞藻、无病呻吟的感伤主义，充满了甜得发腻的比喻，或是庸俗的训诲。休姆（T. E. Hulme），意象派理论的最早奠基人之一，在批评这种泛滥的感伤主义诗歌时说道："我对这种诗歌的邋遢感伤主义十分反感。好像一首诗要是不呻吟，不哭泣，就不算诗似的。"在20世纪的第一个十年里，先是在美国，后来是在英国，出现了以庞德和艾米·娄尔为首的英美意象派诗。他们的目的是使诗歌摆脱浪漫主义的感伤情调和无病呻吟，力求使诗具有艺术的凝练和客观性；文字要简洁，感情要含蓄，意象要鲜明具体；整个诗给人以雕塑感，线条明晰有力，坚实优美，同时又要兼有油画的浓郁色彩。但这一派的真正创新是他们关于"意象"的理论。"意象"是意象派艺术观的核心，也是他们的艺术观对现代诗创作影响最大的部分。

意象并不是明喻或暗喻或象征符号。用意象派理论家庞德的话说："象征主义是从事'联想'的。这是说一种影射，好像寓言一样。他们把象征的符号降低成一个字，一种呆板的形态……象征主义者的象征符号有一个固定的价值，好像算术中的数字1、2、7。而意象派的意象是代数中的a、b、x，其含意是变化的。作家用意象，不是要用它来支持什么信条，或经济的、伦理的体系，而是因为他是通过这个意象思考和感觉的。"明喻和暗喻都是作家通过"联想"这个桥梁将两个相似的事物联在一起，如：人面和桃花，杨柳和头发。象征主义手法也是假设有两个对象，一个是另一个的代号。如桃花是人面的代号。但意象不是说人面像桃花，也不是说桃花可以代表人面，而是说人面就是桃花。人面和桃花有机地结成一体，成为诗人思想感情的复合体。意象自身完整，它像一个集成线路的元件，麻雀虽小，五脏俱全，既有思想内容又有感性特征。它对诗的作用好像一个集成线路的元件对电子仪器的作用。

以庞德的《地铁站上》这首标准的意象派诗为例，我们可以看出意象是诗的神经中枢，它的思想内容和感性特征与它组成的诗不能分隔开。

> 这些面庞从人群中涌现
>
> 湿漉漉的黑树干上花瓣朵朵。

（《地铁站上》）

这首诗只有这么两行。当诗人走出地铁站时，忽然看见一些美丽的面孔。人群是黑压压的，这些美丽的面孔显得格外光亮。这时这位喜爱东方诗画的诗人庞德忽然想起一枝为雨淋湿的黑色桃树枝干，上面鲜艳的花瓣朵朵。庞德为了捕捉这样一个意象多少次修改这首诗，最后落实成这样两行。那么这个意象里包含了什么思想感情呢？意象派是从来不主张对诗加以解释的。作为读者，我们可以把地铁的暗淡光线、人群的拥挤、都市的繁忙和阴湿多雾给人的精神压抑作为背景，然后再把美丽的面孔，诗人对田园生活、东方艺术的向往投射在这样的背景上，这样所引起的感情和思想的波澜，就是这首诗的内容。

概括地说，繁忙的大都市生活中对于自然美的突然而短暂的体会是这首诗所要表达的中心感情。这里的意象同样讲的是"人面"和"桃花"，但和将人面比作桃花那样的比喻有本质上的不同。花朵的意象是这首诗的灵和肉，它并不是可有可无的比喻，而是诗人在刹那间思想和感情的综合体，抽去了这个意象就不可能有这首诗了。

再回到艺术观中主客观关系这个问题上来看意象派。意象派既不是用主观反映客观如现实主义所做，也不是直接表达主观如浪漫主义所为，它是追求主客观在一个意象里的紧密结合。描绘了客观也就表达了主观，表现主观必须通过客观。意象派反对浪漫派的主观感情泛滥以致使诗失去独立、完整的艺术形体。所以他们想用意象的鲜明坚实形象约束住主观的感情，使它不能泛滥外溢。这是以客观约束主观。同时意象派又要求意象渗透着诗人的思想感情，以诗人的情思为灵魂，就像那黑湿的树干上的花朵渗透着诗人的心情、幻想和愿望。这是主观给客观以情和神。所以在主客观问题上意象派是有所创新的。

再以佛灵特（F. S. Flint），一个重要的意象派诗人，所写的一首《天鹅》的诗为例，来看意象派是如何反对主观意识脱离了意象，单独披露在诗中的。佛灵特在成为意象派之前就写了《天鹅》。诗中描绘天鹅在炎热的夏日游向阴凉的桥洞下，如一团白色火焰做成的白玫瑰。除此之外，还用了不少诗行描写诗人的心情，表示诗人对生活厌倦，想和天鹅一起唱最后的"天鹅之歌"，也就是死亡前所唱的最后一支歌。这些诗行脱离了意象，单独直接地描叙诗人的主观世界，因此是不符合意象派信条的。当佛灵特的这首诗被选进庞德所编的意象派诗选时，这些诗行全部都被删去。全诗由原来的69行压缩成12行。像下面这样一些诗行不见了："我在烦闷中愿意将我的歌声加入／——呵冷静的荷花似的心——／为什么不立刻这样做呢／立刻将断续的音乐加入天鹅饱满的歌声？"还有在诗的中间部分的一些描绘诗人主观的思想感情的诗行也不见了："躺在岸上我听着／春天的音乐，我的灵魂／飘向死静的水，我奇怪／没有桨我怎能飘浮靠岸／这一片荒凉草地——死。"意象派主张"直接处理'该事物'，不论是主观还是客观的"，上面的第一部分诗行与诗的主要意象"天鹅"并无直接关系，而是离开意象的题外话，第二部分诗行则被认为有损诗的客观性和集中凝聚，因此都被删去。为了申说意象派的观点和忌讳，庞德列了不少戒律。彼得·琼斯（Peter Jones）在《意象派诗选》的序言中扼要地归纳这些戒律为："诗中不要比喻，——要表达（present），而不要代表（represent）；不说教，不反映人的经验（这条有使作品缺乏人情味的危险），不追求精神的什么，不要固定的节奏和韵脚——但要一种与意象有机联系的节奏；不要叙述，不要模糊的抽象……"琼斯又指出，"但意象派诗的具体中包含着很强烈的抽象意义"①，这就说明这类诗既有抽象的理性的意义，又有强烈的感性特征。

下面是压缩后的《天鹅》：

在荷荫之下，
在洒满荆豆花、丁香花
金黄、蓝紫、褐红色的河水里，
鱼儿颤抖。

飘浮穿过冷绿的落叶，
银色的漪波
天鹅的古铜色的颈和嘴
弯向黑色的深水，
它缓缓游向拱桥下。

天鹅游向桥洞的暗处，

---

① 彼得·琼斯：《意象派诗选》。

游向我的悲哀深处的暗洞

它带来一朵白玫瑰，一团白火焰。

全诗经过庞德的删节，意象突出，文字凝练。全诗成了一幅集中在天鹅和桥洞这两个意象身上的画。画面色彩鲜艳，主题突出。最后三行虽然涉及诗人自己的感情，但也仍然含蓄在天鹅的意象中，没有让主观以第一人称的形式来申诉。天鹅的白色在诗人的主观意识中就是白色的火焰，它包含着夏日的炎热；诗人的心灵深处有一个桥洞，它和外界的桥洞一样阴暗；是天鹅给这既是内在又是外在的桥洞带来光和热。这正说明琼斯所指出的具体的天鹅与桥洞中含有抽象意义的这一特点。同时也可以看出，白天鹅与桥洞是组成这首诗的意象元件，它们包含着诗所要表达的全部思想和感情；它们是诗人的思想感情的复合体，而并不是一般的可有可无的比喻。

　　意象派所要求的这种意象是怎样形成的呢？意象派诗人不同于17世纪玄学诗人约翰·顿（John Donne）。顿创造出对现代派诗人如艾略特等有很大影响的"玄学比喻"。譬如，顿将一对情人比作一个圆规的两只脚，一个永远围着另一个转，两脚互为圆心，永不分离。这样的比喻显然新奇、巧妙、多智，但它与意象派所主张的意象不同。顿的比喻是从概念出发的，上面的比喻就建立在圆规的两脚分而不离的概念上，如同两个情人虽是两个人，心却永远连在一起。在这样的比喻中并没有什么感情和感性上的特征能体现或能等同于爱情的实质。玄学比喻系通过理性对事物（圆规）概念的分析而得到，意象派则主张在形成意象时不能单纯地比较两件事物的概念，而应当深入到事物的核心中，把握对象的实质与感性特征而后将感性与理性结合在意象里。庞德说意象是"理性和感性的复合体"，这复合体是在瞬息间形成的。庞德曾回忆他写《地铁站上》这首诗的情形，认为当时在一个很短的时间里有一个外在的客观事物发生转化并且进入到他主观内在的一个事物中，与之相结合成了一个意象。这意象在这里就是那湿黑的开着花的树干。用通俗的话说，也就是人群中出现的美丽的面庞突然涌入他的主观中对于树干和花朵的印象，两者结合起来，这就产生了意象。根据这种理论，意象的形成也是诗人内心的一次精神上的经验，因此它具有感性和理性两方面的内容，而比喻是不要求这种内心的精神上的经验的。

因为意象的形成是突然而迅速的，也许有人会将诗人在这短促的瞬间里所释放出来的创造的能量和火花叫作灵感。事实上，如果这是灵感的话，它也只是意象的接生婆，而意象的形成却有一个十月怀胎的过程。意象的形成是长期观察、学习和思考的结果。这似乎可以借用《文心雕龙》"神思篇"中的几句话来说明，这就是："积学以储宝，酌理以富才，研阅以穷照，驯致以绎辞。"

意象的使用为20世纪的诗打开了新的途径。它的理论有很大的部分一直到20世纪30年代以后现代派诗成长起来时才得到普遍的发展和运用；而意象派本身寿命却是很短，作为一个流派，它的存在只是1913—1917年的4年时间。这是因为，意象派的理论，如果过于狭窄地加以理解，就可能束缚了诗人的创造，使他只能写一些虽然精美但单调贫乏的小诗，尤其因为限制发表议论，限制抒发主观感情，使得诗缺乏丰富的社会内容。约翰·佛莱契（John G. Fletcher）批评意象派说："意象派的缺点是不允许诗人对于人生得出明确的结论……使诗人进入无内容的空洞的唯美主义。诗只描写自然不行，一定要加入人们对自然的判断和评价。"①这是相当深刻的批评。意象派脱离了丰富的社会内容也就没有了生命力。

再者，意象派片面强调所谓"客观"和意象的绝对清晰、明确，使得很多丰富的诗情和朦胧的情景都被排除在外。由于不能放手表达主观感情，又不能单独写客观，不允许任何叙

----

① 彼得·琼斯：《意象派诗选》。

述，结果写出的诗很少有宏大的气魄和丰富的思想感情。反对意象派的批评家嘲笑他们是在"蚊虫的叫声里听到比贝多芬音乐更美好的东西"。这种小题大做的缺点的确存在于很多早期意象派的诗里。有些诗追求新颖、精致到了唯美的地步。但是，这一派的诗人在捕捉意象方面确有独到之处。譬如，深夜寂静了的城市里的房屋在诗人的眼睛里是睡着了、没有声音、伸手伸脚、面目呆滞的巨人；微风中摇摆的大树是一只顿足、扇耳、被锁住的翡翠的大象；月光下的鱼塘是一条摇着脊梁、鳞片闪光的龙；等等。

意象派在4年内虽然没有写出什么大作品，但却像一个天体，本身虽然毁灭了，却放出了很大的能量，影响着诗的世界。它的特点：含蓄、集中、凝练、富感性，为现代派诗打开了一条全新的途径。尤其是他们关于意象的理论，被现代派诗人接过来，加以改造和运用，使得现代派诗和历来的诗都不一样，具有很独特的时代特点。

现代派诗从哪些方面继承和发展了意象呢？

一、意象的派生

意象本身可以发展，又可以产生派生意象。在威廉·卡洛斯·威廉斯（William C.Williams）的一首诗中这种意象派生的现象十分明显：

> 在白杨树间有一只小鸟，
> 它是太阳
> 树叶是黄色小鱼
> 在河中游
> 鸟儿在他们身上掠过，
> 它双翅驮着白昼，
> 菲白斯（太阳神）呵，
> 是他使白杨发光!
> 是他的歌声压倒
> 风儿吹弄树叶的声音!

在这样一首诗里，太阳是鸟，这是主要的意象；树叶是鱼，这是次要的意象。这次要的意象的产生是因为阳光如金色的河水将树叶都照成金黄色了，树叶在风中摇动，于是成了黄色小鱼在河中游。下面让我们用图来表示一下这首小诗中意象间的关系：

　　从上面图中可以看出意象派生意象的功能，是通过联想的活动来实现的。在哈特·克莱恩（Hart Crane）的一首《致桥》中也能找到这类意象派生的例子，当诗人说桥上往来汽车的灯火是天上的星星时，他接着就说这些车灯"浓缩了永恒"；由车灯→星星→浓缩永恒，这中间是通过联想来派生意象。

　　在现代派诗中这种意象的派生很能说明诗人思想感情的流动和所构成的意识之流。

二、意象的重叠交融

　　意象的重叠交融，就是在一个意象之上投影着另一个意象，两个意象互相渗透成一个新的意象，这新的意象保持两个意象的特征和功能。这效果很像立体主义的油画中的几何图形，它们互相渗透，互相重叠。这种技巧在早期的意象派诗中已经存在。譬如，在典型的意象派诗《山神》中诗人 H. D. 写道：

搅拌起来吧，大海

搅拌起你尖顶的松林，

溅起你的高大的松树，

让它们溅在我们的岩石上，

用你的绿色冲击我们，

用你的松林之海淹没我们。

这里的山和海，松林和海浪互相交融渗透，松林成了海浪，可以打在岩石上，所以用绿色冲击着人们，而海浪成了松林，所以大海搅拌起的不是海浪，而是尖顶高大的松树，并且用松林之海淹没人们。松树似海，松涛如浪；海浪高高竖立，排山倒海，好像一座松林。

这种意象重叠的技巧在《山神》中仅只是一种单纯的试验，没有太大的社会意义。但在现代派诗中这种技巧却用来表达诗人复杂的感情。如在哈特·克莱恩的《致桥》中，诗人使布鲁克林桥的自然风景和纽约城的市景相渗透、交融：

多少个黎明，水鸟从寒波中冷醒

展翅翩飞，点水回旋，

引起银波潋澜，又猛地腾空，

在被锁住的水湾之上建起自由——

然后划着完美的曲线，翩然离去

如帆影，它横过

一页页的数字，即将存档

——直到电梯将我们送下楼，结束了工作的一天……

前四行写海鸟翱翔，在被锁住的港湾上空建立起自由。这里自由暗指纽约港口的自由神像。鸟的自由与海湾中海水的被锁成了对比。从第二节起忽然以水面为过门引入办公室的狭窄天地，那里人们成日伏案处理表报，直到下班，城市人们和港湾的水一样不自由。但鸟的飞翔经过帆影这个意象又与商业及数字相连，因而丧失了它的部分自由气质。表报流水账被锁在档案里，人们每天过着枯燥的办公室生活，这与飞鸟的自由、自然的恬静既互相对比，互相冲突，又互相渗透，互相转化。水鸟的自由中有城市生活的紧张、繁忙、枯燥；而办公室的生活中又有窗外的飞鸟和自然。这两个意象并排出现，重叠、交错、转化，相反又相成，这正符合意象派关于意象的理论。庞德在论意象时说："意象在任何情形下都不只是一个思想。它是一团，或一堆相交融的思想，具有活力。"（庞德：《关于

意象主义》）

　　这种意象的交融重叠可以在一定程度上反映出在繁忙的20世纪的生活中，各种印象相继投影在人们的思想银幕上，成了"蒙太奇"式画面的情境。这是现代派诗从意象派诗那里继承到的一种手法。这种意象交融的技巧和现代哲学心理学关于意识之流及下意识的说法是分不开的。意象派的理论创始人之一休姆曾学习柏格森关于《相互渗透》的哲学理论。意象派主将《山神》的作者 H. D. 热衷于弗洛伊德关于下意识的学说。柏格森关于直观（intuition）与理性（intellect）的区别的学说对意象派的艺术观也有很大的影响，这直接涉及意象派关于意象的形成是通过直观，而不是通过理性的理论。柏格森强调时间比空间重要①，时间贯穿了过去、现在、未来。记忆也是将过去与现在、未来联系在一起的力量，直观能使我们对自己以外及离自己较远的事物有真正的知识，而理性只能分析我们接触到的事物，并不能使我们透过空间的障碍对人类的过去、未

---

　　① 柏格森认为时空很不同，空间具有物质性，时间具有生命和心灵的特性。时间又分数学时间与真正时间（duration），后者重要，它将过去与现在合成一个有机体。

　　为了较深入地介绍意象派的美学观点，本文涉及柏格森关于时、空、直观、记忆等哲学论点。限于篇幅，对这些论点只做了客观的介绍，而未一一加以评论。

来有真正的知识。这种强调时间、直观的渗透作用，强调过去、未来融在一起的观点，是意象派的哲学基础。

同时，在心理学意识流和下意识理论的影响下，后期意象派更进一步脱离了对大理石般纯洁和凝固的塑像美的追求。他们中间的一些诗人如威廉·卡洛斯·威廉斯和 T. S. 艾略特及文艺理论家查尔斯·奥森（Charles Olson）都向多意象、流动的意象（不是静止的）的方向发展。这样就打破了早期意象派专写短小、简洁、凝固的单意象或少意象的诗的传统。查尔斯·奥森就曾说："一个知觉必须立即直接地走向下一个知觉，永远、永远，一个知觉必须、必须、必须立即向另一个知觉发展！"①意象是不能停滞不前的，因为意识之流是不停地前进的，用这样的意象重叠、交融、渗透、压缩写出的现代派诗较难懂。主要是这种诗往往省去中间过渡环节，因此在不熟悉诗人的意识之流的情况下，很难理解他的诗。

三、心理的时空

后期意象派和现代派的诗人往往不受传统的时空观念约束，

---

① 唐纳·M. 艾伦编：《美国新诗》。

这是因为他们接受了柏格森对于时间空间的特殊理解。在他们看来，时间空间是一种障碍，但当诗人形成某一个意象时，诗人就突然从这种时空的障碍中解放出来（庞德：《意象派的一些禁戒》）。按照柏格森的理论，生命生存在真正的时间里（duration），这种时间能将过去未来融成一个有机整体，记忆贯穿这个整体。因此在诗中他们打破了传统的时空观念，过去的事物与现在的事物、未来的事物穿插交融。在艾略特的《荒原》中，20世纪的泰晤士河的风景和16世纪的泰晤士河的情景相穿插；20世纪女打字员的爱情生活和18世纪的妇女的爱情生活相对比相渗透。两个时代的精神在重叠的意象中相矛盾又相结合，这就是艾略特在《荒原》中所用的意象。诗人利用意象中矛盾力量相反相成的效果在读者的感受上产生强烈印象。下面我们可以看出在泰晤士河这一重叠的意象中的相矛盾的力量：

泰晤士河——

20世纪：两岸的空酒瓶、面包纸、丝手帕、硬纸盒、烟蒂，水面被汽油污染，驳船、木材运输发生的噪声，情人在荡船，谈些庸俗的事。

16世纪：河水缓缓地流，风景幽静，伊丽莎白女王和莱斯特伯爵乘着华丽的游艇在河上游弋、谈情，风声飘来两岸城堡的钟声。

这就是代表着两个不同时代、不同精神的两种意象交融渗透的一幅泰晤士河的画面。它通过强烈的对比刺激着读者的感情。

在《荒原》中，伦敦是另一个重叠的意象。它在诗中既是一个真实的城市，又是一个"不真实的城市"。冬天的浓雾中，伦敦桥上人群往来如潮，这个桥一方面是真的桥，一方面又是但丁《神曲》中地狱章的虚幻的桥，桥上走着大批的死人。这里可以看出诗人怎样通过重叠的意象将虚幻与真实、过去与眼前糅在一起，使每个意象都含有多层的意义，这些意义相矛盾又相吸引。因此诗的进展不遵守传统的时空概念和理性逻辑，而是按照诗人"想象力中的逻辑"（艾略特语）和诗人自己的心理时空进行，这也是现代派诗难读的一大原因。

从主客观关系来说，意象派最初是追求主客观在意象中的统一，但终于在实践中放弃了这种信条，突破了主客观的平衡，发展到后期的意象派就大都是追求对主观的表现了。但他们与19世纪浪漫主义的表现主观的方法不同。后期意象派和现代派不用第一人称直接申诉自己的情怀，而是透过主观心理时空来表现客观，因此他们所表现的虽然是客观世界，但事实上是经过主观意识的综合和再现的客观，实际上仍起到表现主观的效果。譬如，在艾略特的《普洛弗洛克情歌》中有一节写城市的黄色的浓雾，虽然写的是雾这个客观存在的东西，但这雾已经是经过主观的综合改造后再现的了，具有一只懒洋洋的狗的性格，衬托着普洛弗洛克缺乏勇气、裹足不前的特点。

罗伯特·罗维尔（Robert Lowell）在《彩虹终处》一诗中说波士顿的天是黑的或灰的；E. E. 康明思在描写都市的黎明时说黎明的城市是嘴里唱着歌，但眼睛里有死亡的影子（因为天上的星星消失了——笔者注）；黄昏时的城市是眼睛里唱歌（指星光出现——笔者注）而嘴边有死亡（见康明思：《印象——第四》）。这些诗行所写的客观，都是渗透了诗人的主观意识，经过综合加工、改装后再现的客观。再以艾略特在《荒原》中所写的伦敦大桥和哈特·克莱恩在《致桥》中所写的布鲁克林大桥相比较，两位现代派诗人都在写桥，但透过他们的主观意识再现出来的桥就显示出完全不同的精神。克莱恩所写的布鲁克林桥：

你横跨港湾，步步闪着银光，
好像太阳在你的上面行走，在你的步伐里
留下永远消耗不尽的运动——
你的自由暗暗地滞留了你！

桥上车灯如流，驰过你
急转的、一气呵成的曲线——星星们纯洁的叹息——
颗颗如珠，照亮你的行道，浓缩了永恒

我看见你的两臂高举起夜空。

克莱恩在歌颂这座桥时想歌颂人类文化在科学生产方面的发展和造诣，因此这座桥高高地举起布满繁星的夜空。在桥上如流水的车灯浓缩了宇宙的永恒。这是十分宏伟的画面。桥体现了人们的智慧和人们用自己的智慧打开的宇宙。桥的两臂高举起夜空，桥上的车灯就是星星，星星浓缩了宇宙。人类的智慧拥抱并且高举了宇宙。星星和车灯，桥和宇宙，意象交融在一起，成为诗人的惊叹、赞美和乐观精神的综合体。

现在让我们再看看艾略特所写的桥：

不真实的城市，

笼罩在冬季黎明的黄雾之下。

人群流过伦敦大桥，这么众多，

我没想到死亡毁了这么众多的人。

吐着叹息，急促、不匀，

每个人眼睛盯着自己的脚。

显然在这首诗里，桥通向死亡，通向死亡一般的、令人窒息的办公室生活。这座桥与上面的布鲁克林桥代表着对20世纪文明的不同看法。一座桥通向天宇，一座桥通向死亡。这并不是两座桥之间的差异，而是两个诗人主观意识的差异，特别是对20世纪人类前途有不同看法：一个悲观，一个乐观；一个厌倦绝望，一个对当时的物质文明充满了骄傲与信心。两个诗人写的是两座桥，表现的却是两个不同的个人的主观意识。这就是现代派诗写客观，实际上是表现主观的一例。艾略特在上面关于桥的表现手法是超现实主义的手法。超现实主义对自然的外貌不一定加以改变。从外观上，桥仍然是现实中的桥，但却涂上了一层超现实的色彩，仿佛像梦境。所以超现实主义虽然表现客观世界，但却与现实主义的反映现实不同。

意象派虽然只存在几年，但却像一块跳板，使得诗从以农业为主要生产手段、工业仍在萌芽状态的18、19世纪的历史时代，跃入科学高度发达的现代化时代。它的哲学与美学观点与现代西方文化紧密相连，这是因为它的意象在经过现代化的改造后起到了表达浓缩的现代思想感情的作用。意象的使用在意象派初期是简单而静止的，有时有一些唯美的倾向，到了20世纪30—50年代，在现代派诗人艾略特、克莱恩、罗伯特·罗维尔、威廉·卡洛斯·威廉斯等人的诗里，被大量而密集地使用，有时增加了诗的晦涩难懂，但20世纪60年代以后这种过多的意象重叠交错的现象在有些诗中缓和了。现代派诗比意象派诗在社会意识方面要浓厚得多，和个人的生活经验、内心体会及社会动态联系更紧，因此读现代派诗有助于理解西方意识形态。但是现代派诗所表现的客观带有诗人强烈的主观色彩，而且不遵守客观的时空秩序，有时是反理性的，强调"想象的逻辑"而不重视理性的逻辑。这些特点使得现代派诗较难懂。

艺术的形式与一个时代的生产方式和生活方式是分不开的。西方现代派仍在发展中。为了繁荣我们的诗坛，使我们的新诗更能够表达现代生活，我们应当多接触一些现代作品，了解些现代派诗的理论，然后才能有所借鉴。意象派诗和现代派诗关于意象的理论和实践有可借鉴的一面，也有不可取的一面。早期意象派过分追求精美，缺乏社会内容，以致有唯美倾向；现代派诗过分强调诗人个人的联想、意识流和内心经验，以致晦涩难懂，这些都是缺点。但是他们要求诗要集中、强烈，要通过富于感性的形象来表达思想感情，要有诗人自己对生活的深刻体验，则是值得借鉴的。我们一向强调文艺创作要重视形象思维，这里所谈的意象也正是形象思维的一例。如果恰当地重视意象对于诗的构思与表达手法的作用，可以有利于写出更能表达现代生活的新诗。

*本文首次发表于《文艺研究》，1980（6）。

探索与寻找

——19世纪末到20世纪初英美诗歌的一些变化

诗是时代的塔尖。当时代的建筑发生变化，这座塔就要求有一个新的尖顶。

这里我将谈谈英美诗自18世纪末至20世纪初，由于时代的发展在诗的革新上进行过的一些探索与寻找，以资借鉴。

1789年法国大革命带给整个西方文明一次强烈的震动，在诗的园土里诞生了浪漫主义诗歌。1910年由于西方资本主义工业化的急剧发展，社会上的矛盾对维多利亚时代僵化、空洞、近乎虚伪的正统道德进行了冲击，文学领域内又发生了激烈的震动，诞生了现代主义。从那时起现代主义以各种类别、品种出现在文学艺术的花圃内。如果我们将英美诗中的这两大运动所掀起的改革加以分析综合，我们会找到它们中一些普遍的现象，也许这种有一定普遍性的现象是值得一切寻找时代的新声音、探索新的途径者深思的。

每次诗歌的革新，首当其冲的总是语言。

现代语义学家突出地强调文学的符号作用，认为文字是一种密码。一个时代的语感是那个时代的感情代表。当作为一个时代的感情符号的语言被用来表达另一个新时代的感情时，往往显得不称职，这时这些语言就成了陈词滥调。不管它在过去的时代被认为多么美，多么有力，它也因为不能在新时代称职而必须被改造。

18世纪后，古典主义宫廷诗强调文雅，重修饰，在其极盛时代也有过一些艺术成就，但对表达法国大革命后的强烈的民主要求及反抗精神和自宫廷的繁文缛节中解放出来、对自然加以赞美等新的时代感情很不利，这时英国的浪漫诗人华兹华斯和他的挚友理论家及诗人柯勒律治开始发表新的美学纲领。过去外国一位"极左"的文学史作者曾在其《英国文学史纲》中提出，华兹华斯是消极反动的浪漫诗人，这是一种违反历史唯物主义，主观地任意切断文学史的错误观点。这种观点曾盛行我国，在我们对文学史的理解上留下畸形的痕迹。其实正是这个被称为反动的华兹华斯将英国诗从18世纪末的难产状态中接到世间上来。他在他的《抒情歌谣》1802年版序言中，反对成套的诗的词汇，如将太阳说成"红脸的菲白斯（太阳神）"，称天空为"蓝色的展开面"，鸟类是"忙忙碌碌的种族"，这种故作姿态的词汇在初创时可能有些新鲜，久之就成了俗套。在我们的白话文运动中也废除了不少这种艺术代用词，"文化大革命"期间又产生了不少这类艺术代用词，今天有一些由于它有着令人不快的感情含意，已经被淘汰了。

华兹华斯为了反对这种装腔作势的诗的特殊术语，提出诗应当用最好的散文的语言来写，这就开了自由诗之风。他主张不用不自然的句法，如倒装句。诗和散文的语言都要人情化，有普通人们的眼泪和笑容一样的感染力。有的人以为诗之成为诗，必须有自己的一套术语，分行押韵等，其实这只是从表面看问题。实质上正像法国著名诗人保罗·瓦勒里所说，诗和散文是选用同一种语言写成的，散文，特别是应用文只是为了传达某种消息而存在，讯息带到了文章也就可以消失，但诗却不是为了这些，诗可在你知道它的基本内容后，被反复诵读，每读一次就有新的快乐、新的感受。他将诗比为舞蹈，散文是走路，虽然二者都用一双脚，然而效果和目的各异。为了进一步说明文字的区别不是诗和散文的区别，我想用散文诗这个例子说明用散文可以写成诗，而用格律和韵文却反而可能写出不成诗的散文。所以有的以为只要用格律的画框将诗意的词句镶起来就能算一首诗，有的为了怕人说散文化而将词句写成不自然的文字，再加上韵脚，以为百无一失，这都是错误的认识。因为如果作品没有诗的真正的内在结构，这些外加的修饰都无济于事。

关于诗的形式和内容的有机关系，现在西方评论界的倾向是抛弃了古典主义将二者看成瓶和酒的关系，强调内容没有形式只是模糊抽象的概念不能存在，而形式没有内容也是抽象虚无的东西。一位现代著名评论家哈罗·奥斯本（Harold Osborne）说，"要认识一首诗就必须将这首诗作为一个整体来认识"，所以不存在将内容（酒）倒入格式（瓶）的创作方式，因此以为将散文分行、押韵就成诗的想法是陈旧的瓶酒式的理论。即使写格律诗也是要求内容与格律在每首诗中达到它的独特的有机的结合。正如同人类虽有共同的生理结构（形式），但每个人的精神与他的肉体的关系又是不能分割的有机结合。

到了20世纪初浪漫主义又逐渐失去早年的神采，陈词滥调被用来装上感伤主义的情调，或者是抽象的说教，于是意象派开始清扫垃圾。为了消除冗长的诗风，意象派规定不用任何多余的不起作用的字和修饰词，避免用抽象名词，他们特别指出好诗应当：

1. 对事物，无论客观的或主观的，要直接处理。

2. 废除一切对表达不起作用的词字。

3. 节奏方面采取乐句，而不是按照节拍器来创作。

第三条保证了自由诗的弹性节奏，否定了格律诗的硬性节拍，这样就可按照感情的起伏和呼吸的适合来分行，可以长短相间，也可以为了达到某种戏剧性的效果而突出短句，或为了抒情而突出悠缓的长句。串行的措施可以使诗在整体中包括多个单元，既有完整感又有弹性，由于自由体有这些特点，便于表达复杂多变的思潮、戏剧性的内心独白，成了现代诗中最常见的形式。

现在让我们从布莱克、华兹华斯和艾略特三个诗人身上看：诗在走向现代化过程中所获得的一些特点。这就是：强度大、思想深、突出矛盾。这特点正反映了现代生活的紧张、复杂、强烈。

强度的取得通过意象、交叉并列、联想跳跃等方法。强度和浓缩是诗的一大特点。小说故事打开一章后，可以一扫十几行，浏览一下，并不妨碍阅读。诗却不是这样，如果你瞧一眼前十几行，发现无非是一些描写，这首诗多半是一首失败的作品。在一篇游记里作者可以尽情地细心描绘，但在一首诗中每一行都必须有它前进的目的，每一行，每一句，甚至每一字都有它对诗的整体的责任。譬如，布莱克的《向日葵呵》这首只有八行的短诗，每一行都凝聚着深刻的思想，诗的内涵极大。诗中说：

> 向日葵呵，你嫌日子过不完，
> 姑且把太阳的脚步数数看；
> 你在寻找那美丽的国土，
> 那里旅行人结束他的征途。
>
> 那里害相思病而死的少年郎，
> 和面容憔悴穿着尸衣的姑娘，
> 都从他们的坟墓里爬了起来，
> 向往着我向日葵要去的所在。

（袁可嘉译）

向日葵对理想的追求贯穿在八行中，然而每一行都进一步写出诗人对理想既渴望而又不敢相信它能实现的怀疑、痛苦心情，并且写出人世间的悲惨和理想世界的对比。在八行诗里写下这么深刻多变的思想感情自然要求诗的字句要坚实、具体。

诗中思想的进展也是像流速较大的山溪，没有一刻停滞。这样一首坚实的诗在一个喜爱铺陈的诗人的笔下稍加引申、冲淡，成为一百行也不奇怪，然而质量就要差得多。首先内涵要变浅，强度消失，对读者思想感情的冲击力也就大大减小了。有些人总以为洋洋几百行的诗有气魄，因此不自觉地找修饰词，加细节，举一反三，说了这一面，又说那一面，倒是面面俱到，占了不少的篇幅，这才真是散文化了。诗失去浓缩和强度就失去力量，不是令人愈读愈有味，而是读一遍已经有些不耐烦了。诗的内涵就是含蓄和暗示的力量的来源，取消了内涵就如同将舞蹈变成走路，兴味索然。

　　强度的取得与诗人对意象的运用有很大的关系。意象按庞德的说法是理性与感性在顷刻间合成的综合体，因此意象是能思考的感性物和能感觉的思想。艾略特有另一个说法也是与意象的形成有关。他说诗人不应当直接写自己的感情思想，而应为这种情思在外界找到客观的对应物。还是以上面布莱克的短诗为例，葵花这个意象是追求理想的"思想"并具有葵花追随太阳这种"感性"的特点，加上葵花的金黄色、饱满的形象等合成为一个综合物，但是这朵葵花并不能真正随着太阳到达它所在的极乐世界。它只是在数着太阳的脚步，而自己却埋根在这充满痛苦的现实世界中。这样一个含意很深而又有感性特点的"客观对应物"能够有力地表达布莱克的这种情怀和观点，诗人并没有直接告诉我们他是怎样感受生活的，怎样看待他的现实环境的，然而他所用的意象很强烈地把他的思想感情传达给我们，诗也因此得到强度、力度和浓度。

艾略特是极擅长运用意象的。当他写一个精神空虚、胆怯而又希望突破自己的平庸生活的中年人的心情时，他让这个中年人普洛弗洛克自白道，"我用咖啡匙量我的生命"。意思是一点一点地将生命消费掉了。"量"带有烹饪时用勺子量作料的意思。意象在艾略特的手中具有表达十分复杂的现代人的思想感情的功能。第一次世界大战前后欧洲文明经受一次极大的威胁和震动，人们的思想感情变得格外复杂，艾略特在寻找主观复杂情思的客观对应物时创造了很多意象，它们强烈地冲击着读者的感官，刺激着人们的思维。譬如说，将黄昏展向天边说成"像一位打了麻药躺在手术台上的病人"，将飘过窗前的浓雾比成一只猫或狗将鼻子贴在玻璃窗上，而后纵身一跃，在屋角打起盹来了。这些意象并非只起修饰作用的比喻，而是包含着理性和感性的综合体，它反映了诗人对那个社会的麻木、迟钝、病态的情况的认识和诗人感到的凄凉情调。

不同的思想感情内容，自然就产生了不同的意象。布莱克在"虎"这个意象里装入蕴藏在自然中的无穷的创造力量，

"夜之森林"代表一片蛮荒的神秘，整首诗是对自然界智慧、无穷创造力的赞美。华兹华斯用舞蹈的水仙花象征着希望和欢乐，早春歌唱的云雀和布谷象征着超凡的想象力。从这些例子中也可以证实诗的创作过程中很重要的一个环节就是像艾略特所说的：寻找客观的对应物（objective correlative），通过这客观对应物才能将主观的情思有机地纳入诗内，供读者挖掘、领悟和鉴赏。由于这种客观对应物，也即意象的内涵很深，读者每读诗都可能有所领悟，或有进一步的领悟。这样就使得读诗成为读者自己的一种精神上的经验，其中滋味每个人不一样，真是冷暖自知。诗给人以这种精神上的启示和享受是它能生存下去，被一遍又一遍地欣赏的重要原因，也就是瓦勒里前面所指出的诗不同于应用文，它相当于舞蹈，而后者相当于走路，舞蹈可以被反复观赏，而走路一旦完成它的使命，走到了目的地，就不复有存在的意义了。意象这一诗的设计自然不是始自20世纪，但是20世纪初的庞德和艾略特对这意象的理论使得人们在创作与欣赏时都更自觉地使用这个设计来为诗的表达和诗人与读者之间的交流服务。艾略特并且加深了意象的作用，使得它具有现代主义的象征性功能，成为现代派诗的重要的有机部分。在艾略特之后布鲁克斯（Cleanth Brooks），新批评派评论家之一，强调诗自己的独立意义（不依靠诗人的经历而存在），对诗的文字进行详尽的解释，着眼于挖掘出词句背后潜存的含意，这样更使得意象获得了多重性的含意。所以，意象的使用在诗中虽然早已有之，但经过庞德、艾略特和新批评派的改造后，更富有现代派的特征。主要是突出了意象中感性与理性的有机结合，反对将感性与理性分离，反对诗的抽象化；突出了意象与诗的有机关系，反对将意象作为对诗的外加的修饰品、可有可无的比喻；突出意象的多重意义，反对表面的单一的解释。这几点是20世纪初期至中期，英美诗为了表达新的时代的内容对意象的发展和使用。

对于我们来说，虽不要全盘采纳上面关于意象的英美现代诗的理论，但也有借鉴的意义。譬如，我们可以反问一下，在我们的新诗创作中，有没有只追求以比喻修饰诗的倾向，因而增加了表面的华美，实则限制了诗的深度？有没有只将意象作为一种象征的符号，而不是通过它表达诗人丰富、复杂的思想感情？

达到诗的强度的另一措施是联想的跳跃，词句的省略。诗要在很短的篇幅内走最远的路程，因此它必须突破时空的障碍。它不能按部就班地叙述，当读者和诗人有着共同的文化桥梁时，跳跃式的思考就进行得格外顺利。用典、不言而喻、省去过门，尤其是触类旁通的联想，都是加快步伐将思路在最短的篇幅里发展完全的好办法。在这种时候诗的逻辑秩序，很像一个人在自己沉思，而不像诗人和读者在对话。诗人自己沉思时往往只给每个想头一闪而过的呈现机会，一幅图画接着一幅图画在脑海闪过，没有过门。艾略特的《荒原》在这方面比较突出。在开头的三十行诗中，诗的镜头已经换了三次角度。跳跃的剪辑或蒙太奇式的手法是全诗中很常见的。这首长诗最早由庞德进行了大删，去掉其长度的一半以上，艾略特对庞德的删改十分敬佩。他在诗的开头献词中称庞德是更高明的大师。的确，经过庞德大刀阔斧的删节，全诗的强度大大增加，想象的与现实的，对话的与沉思的，象征的与真实的交错并列，诗的焦点时常改变，初读确有些眼花缭乱，必须读几遍才能分清场面的交接转换。当然这是太极端的例子。对《荒原》的评价至今仍有争论，不过评论家一致认为，在这首诗中艾略特所尝试的各种现代主义的手法是开一代之新风，影响了整个西方20世纪的诗的创作。

关于思想性方面，浪漫主义与现代主义的两次大改革也各有它的特点。浪漫主义在继承文艺复兴以来的人文主义的同时，特别强调想象力的功能。想象力对浪漫主义诗人来说如同精神的翅膀，它使得诗人能透过时空的阻拦，接触到理想。浪漫主义诗人对现实是不满的，他们抗议现实的丑恶，倾诉自己的痛苦、忧郁，又歌颂理想。他们写主观的感受多，到了后期感伤主义在很多时候代替了浪漫主义，诗歌的抒情成了发泄个人情感的途径。这时意象派和艾略特都想制止这种过分强调主观的倾向。艾略特提出非个人化诗歌的理论。他在《传统与个人才能》一文中主张把任何一个时代的诗歌都放在历史的长河里衡量，将今天的产品看成在继承过去一切优良传统的基础上的创新，又反过来用自己的"新"丰富了传统，这就是所谓"历史感"。他认为昨天的文学在今天的作品之内，今天又加入了传统，汇流成明天，所以昨天、今天、明天都同时存在。这样就反对了浪漫派偏重强调个人天才和想象力的威力的倾向，也就冲淡了将文学看成纯个人的感情抒发的倾向。他提出的第二个说法就是认为诗人是由相对分离的、会思考的创作者和"感受着的个人"组成的，在创作过程中，思考着的创作者只起一个像白金丝样的触媒作用。他将现实中的材料（二氧化硫和氧气）经过他的接触变成硫酸，当然现实中的材料也包括他自己的思想感情，艾略特认为这样写成的诗就不带个人色彩。这种想法自然只能作为一种比喻，因为事实上没有人能成为不带任何主观色彩的纯客观思维。但从一个扼制主观偏见的角度看也还是有作用的，这是艾略特对感伤主义倾向的抵制。这里事实上是一个作家应当任感情驾驭呢，还是驾驭感情的问题。他主张把个人放在历史里来认识，用理性促进创作，而不是任个人感情放纵发泄。艾略特回顾文学史的发展，认为自己这种看法是古典主义的。艾略特并不否认应当站在客观的角度来写，而不是一味沉溺于个人的感情中。我们在创作中也触到写"我"会不会沉溺于个人小天地的问题，艾略特这里用来抵制感伤主义的做法是值得借鉴的。作家不可能是纯客观的化身，而且文学需要真情实感，但应当把"我"放在历史中认识，要有历史感。在写"我"的时候要像艾略特建议的那样，首先将"我"交给历史，跳出纯个人和个性的立场，事实上必须有"我"才能感知物，所以不写"我"是不行的。然而写"我"的感受不是为了发泄个人感情，而是要认识客观，表现客观，这样就做到在写作时我中有物，物中有我，辩证地认识物我的关系。事实证明一切好的诗都有这种特点。这里由于篇幅关系就不详细论证了。

从思想内容的特点来看，浪漫主义虽然强调写痛苦，但对现实世界的认识仍认为是善美和恶丑交战的战场，特别是对人性的看法也仍强调精神的力量，爱的力量，所以甚至像拜伦那样对人生抱着怀疑、讥讽、嘲笑态度的浪漫诗人也还相信英雄主义的存在，终于为希腊的解放贡献了自己的生命。雪莱更是相信理念、自由的最终胜利，济慈也是歌颂美的不朽。华兹华斯始终向往一种超俗的境界。总之19世纪的浪漫主义诗歌在思想上是反对当时的社会结构和歌颂个人反抗的英雄主义。从艾略特开始单一性的反抗与歌颂时代结束了，完整而单纯的爱、憎也受到质疑，对个人的看法从统一的人格变为矛盾分裂的集合体。艾略特的《普洛弗洛克情歌》的诞生标志着第一次世界大战后，西方文化怀疑时代的开始，这种怀疑的波浪一直延续到20世纪中期。20世纪50年代以后，在美国的诗坛里我们又看到强调个人反抗和超脱现实，追求精神和谐和人格统一（不是分裂）的苗头。前者可以以"垮掉的一代"的诗人艾伦·金丝伯格为代表，后者以中西部诗人詹姆斯·莱特和罗伯特·布莱为代表。

从歌颂人文主义的个人英雄，到怀疑否定个人的作用，又回到重视个人的力量是美国诗歌从19世纪末到今天所走过的道路。对待西方文明的文学产物我们不能简单地以消极文学和积极文学来划分。消极的文学可能揭露一些那个文化中的深刻矛盾，因而深化了人们对西方世界的认识。积极的文学可能是表达了人们的愿望，但也可能是人们的幻想，这需要我们很好地鉴别。艾略特的怀疑可能比维多利亚时代一些正统传教式的积极要更反映那个时代的实质。对于人类的未来抱有信心和看见某一历史阶段的阴暗并不矛盾。20世纪对西方世界来说是一个复杂的历史阶段。艾略特曾在《论玄学派诗人》的论文中指出西方文明与西方诗之间的关系。他说："我们的文明包含很大程度的多样性和复杂性，这多样性和复杂性作用在人们很有素养的感情上必然产生多样的、复杂的结果。"因此，他认为这是现代西方诗复杂、难读的一个原因。当现实生活是丰富而复杂的，矛盾冲突以多种姿态出现而人们对矛盾又有较深的感受时，要求诗停留在单纯而和谐的状况是不可能的。

总的说来，从浪漫主义进入现代主义的英美诗有下面一些特点：

文字上脱离对纯文字美的追求，更多地吸收城市日常生活的口语，避免直接写抽象思维，用艾略特的话说，诗人要能"感觉到思想像闻到玫瑰花的气息"一样，在思想内容方面强调写出现实的多层次、多矛盾。

上面所讲的并非对英美诗的某一流派、某一作家的评价，只是想通过英美诗歌的浪漫主义、现代主义文学运动中的一些现象看英美诗歌在19世纪、20世纪中叶这一段时间内一些发展和变化。每个民族、每个国家的文学发展都有自己的特色，看看别人的历史是会启发我们去考虑和理解自己的经验的。有一条也许是世界文学的共同点，这就是随着历史前进，文学也必然要突破原有的情况，相应地发展和变化。自从"五四"白话文运动以来，我国的新诗创作经历了60多年的沧海桑田，今天也仍在探索，寻找自己的前进道路。我们已经有了一些尝试，也有了一些可喜的成果，我们也还需要继续观察、借鉴和思考、探索。希望我们今天的诗歌能拥抱昨天的光辉，并且为明天的诗歌奠定更好的基础。

美国当代诗与写现实

在本篇中将谈到两个问题：一、美国当代诗很重视对现实生活的表达。这包括对客观外在的社会现实与诗人主观的精神现实两方面的表达。因此可以断言当代美国诗歌在题材的选择、内容的描述方面较20世纪50年代以前更具有现实主义的色彩。二、但是从艺术手法的创新与突破方面来看，当代美国诗歌并不遵循传统现实主义的艺术手法与形式。诗人们不以模仿现实世界的结构、秩序、外貌为自己的创作目标，不追求栩栩如生的艺术效果，相反，他们要求在创造中打破现实世界的自然秩序和形状，然后由诗人艺术家以自己的创造性的力量对素材加以改造，而产生一个艺术的第二自然。这第二自然包括客观与主观世界，也可以说是一个渗透着主观的艺术客观。它部分地，或全部地失去第一自然的逻辑与外形。按当代美国诗人哈特·克莱恩的说法，这艺术的真实具有它自己的艺术逻辑和独立的生命。因此，可以说当代美国诗与现实的关系是来自现实，而不貌似现实；它既有与现实的血肉联系，又获得一个与现实不同的自己的灵魂和肉体。

一、来自现实

现实（包括自然、社会、精神、心理）是培育一切有分量的文学艺术的土壤。西方文学也不例外。但是关于文学作品是否以模仿现实为手法，要不要刻画现实的细节、外貌这一问题，各家各派却持各种不同的看法，这也是各种流派具有千姿百态的原因之一。以美国当代诗而论，近年的倾向是比第二次世界大战以前，以艾略特为代表的现代派时期要更强调写现实生活中的细节，更强调地方色彩，更具体。这种转变的由来和第二次世界大战后美国对朝鲜、越南的侵略战争在人们的意识上留下的影响有关。

第一次世界大战前夕，在庞德的倡导之下英美的一些诗人如希尔达、阿庭顿、艾米·娄尔等形成了"意象派"，并出了诗集。他们当时所要反对的是感伤主义及当时社会正统布道者的冗长、无物、伪善的诗文，这样就揭开了英美现代派诗的序幕，他们从反对庸俗地粉饰现实及放纵造作的多情出发，提出新的诗学设计，这就是建立在"意象"上的诗的结构。他们希望在意象中主客观、感性理性凝结成一个复合体，当这样做时现实就必须经过一次艺术的转换才出现在诗中。以庞德那两行《地铁站上》的诗为例，诗人走出地铁时，看到一个美丽面孔，这时他内心的情况和当时城市人流以及那张美丽的面孔等现实细节都消失在庞德费了几天心思所找到的"意象"——雨中黑树干上的花朵——之后了。因此，意象派的理论和创新在很长一个阶段使关于现实细节的描述不再出现在诗中，现实不再活生生地出现在诗里，诗所表达的是经过艺术转化的所谓"艺术的真实"。第一次世界大战到第二次世界大战之间是以艾略特为代表的现代派诗的鼎盛时期。这时期除了罗伯特·弗洛斯特之外，风行在美国诗坛上的有名作品多数不写现实细节，而强调浓缩、跳跃、时空错位，并以立体主义的分析和综合方法改造现实，而后在诗中表现之。诗难写，也难读。诗不遵守事物的自然秩序，哈特·克莱恩就说过诗有它自己的逻辑。一些当时的青年诗人都从模仿这种带有17世纪玄学诗味的现代诗开始写作，罗伯特·罗维尔在开始写这种诗时几个月才能写出一首。但是这时有一位艾略特的同时代者威廉·卡洛斯·威廉斯，他是一位妇儿科医生，但又是一位有大抱负的诗人，他也是庞德的老同学。当现代派诗告别了它的童年——

意象派，开始迈入艾略特式的盛年时期，他就大声疾呼地反对艾略特，提出自己的现代派纲领。经过近半世纪的搏斗，今天当代的美国诗已经逐渐皈依到威廉斯的轨迹上来，同时可以说开始了后现代派的阶段。这个转变是一种延续性的转变，因为无论是童年的现代派、中年的现代派或目前的后现代派，它们都遵守一条规则，就是既不像古典主义及西方现实主义那样模仿自然，也不像浪漫主义那样将自然（或现实）虚幻化、缥缈化，更不像纯理念主义那样将现实"美化、理想化"，并迁就自己所要宣传的伦理道德。现代派在它的三个阶段中都一致要求在作品中呈现一个坚实的、具体的、复杂的、多层的现实。这个现实由于它不是自然的翻版，由于它是经过诗人的分析和再综合后，有着自己的秩序和结构的现实，就被称为第二自然，或"艺术的真实"。从这一点上来讲现代派不论它所呈现的现实有没有细节的惟妙惟肖的描写，有没有部分的"逼真"，都不会使它和现实主义、自然主义相混。在艾略特的《荒原》里并不缺少对庸俗的小市民贫乏低级生活的刻画，女打字员寝室的凌乱，爱情生活的空虚，酒馆里妇女们的闲聊等，都入了诗。但是作为一个艺术的整体，《荒原》有它自己的艺术真实，这与自然的真实相平行。它是经过在艺术里发酵，由诗人改造，重新组合后的真实，它与现实生活的关系好像桃子是泥土里长出来的果实，但却不是泥土的简单反映，或折射。

不过当代的美国诗，在从艾略特转向威廉斯后确实增添了更多的写现实细节的成分。这原因主要是20世纪50年代后，美国人民的意识有了发展，战争使得人民要求进一步剥开上层社会的教养，透过学院的尊严，更深刻地认识自己的社会，重新评价生活。加上科学的迅速发展，人们必须刷新自己的敏感，原子能和宇航时代生活给予人们新的感受，促使人们在时空的新的程序中重新考虑对人类、地球、宇宙的认识。诗不再能满足于艾略特所赋予它的学院气息的沉思，诗要更深入到人们的日常生活中去剖析真实，诗人不再耐心于学院式的玄想，不愿停留在生活的边缘。诗人不想再扮演艾略特所说的白金片的角色，只在诗与现实中起触媒的作用。凡此种种使得人们在20世纪50年代以后重新发现了威廉斯在20世纪初所提出来的诗的准则，即诗要有强烈的地域和人民的色彩。

威廉斯是一个只能在行医之余，出诊途中写诗的诗人。他强烈地想创立一种完全摆脱英国传统诗的影响的具有美国独特风格的新诗。1911年，当他正在完成自己的《柯拉在地狱》时，艾略特的《普洛弗洛克情歌》和《荒原》相继出现了，威廉斯立即感到自己的理想受到很大的挫折，因为革新新诗的旗帜显然被艾略特抢去了，艾略特虽然在进行恢复感性理性在诗创作中的结合的革新运动，但威廉斯感觉到他并不想彻底突破抑扬格的传统的束缚，而且在内容和结构方面艾略特是想努力包容自荷马以来整个欧洲文学的传统。艾略特对传统英诗格律的继承，对西方文学传统的珍视，对整个西方文化的借重，以及他的学院气都惹恼了威廉斯。威廉斯说："我强烈地感到艾略特出卖了我的信仰，他是向后看，我是向前看。他是一个遵守成规的人，有我所不具有的机智和学识……但我觉得他拒绝了美国，而我不肯拒美国于千里之外，所以我的反应是很强烈……我知道他将影响着今后的诗人，使他们离开我的领域。"[①]20世纪20年代初，艾略特发表了他的巨著《荒原》，从此威廉斯的预言就实现了，艾略特用他的稀有的才能和他的艺术魅力及创新将英美新诗吸引到他那种现代派玄学诗的体系中长达半个世纪之久。第二次世界大战后，他的威力像台风样逐渐转弱。美国诗人开始离开这个现代派里程碑，继续前进。这时他们想起威廉斯的号召：彻底摆脱英国及欧洲的传统，从形式上、内容上发展美国自己的新诗。因此近年在美国开始了

---

① 《〈柯拉在地狱〉序》作者威伯斯特·肖特引威廉斯在《我要写一首诗》中所说，见肖特编《威廉斯：幻想》，1971。

对威廉斯诗文的研究和出版高潮。威廉斯在他79年的一生里不但为数目很大的病人看过病，接生了两千个婴儿，而且还写了49本各种体裁的文学作品。他共写了600首诗，在30年内写了一套五册的巨型长诗《柏特森》①。在晚年退休之前，他总是在行医中见缝插针地写作。他的医生职业使得他深刻地了解到贫穷、疾病、死亡等人生的悲惨的一面。诗、艺术对他是一种精神的必需。他的车上总带有一个小本子，以便在等红绿灯的时候也写下几行，他的诊室的打字机上经常有他未完成的诗行。他在自传中说每天总能找到五分钟、十分钟时间写下几行，夜间十一点以后有时他写上十几页。威廉斯这种将生活整个带入诗的创作中的倾向，在20世纪50年代后更符合当时的青年诗人对生活和诗的看法。是他的这种风格促使美国新诗更快地走出学者的书房，和普通的人群更接近，因此增添了诗中现实主义的成分。

威廉斯在20世纪初所热衷倡导的美国新诗在表现现实方面有什么特点呢？首先他希望这种诗从语言上彻底打破英国诗祖几世纪以来的形式框框，废除尾韵和抑扬格，及音节数量等方面的限定，而在每行中以句子重音来求得节奏。威廉斯说他所

---

① 见《〈柯拉在地狱〉序》。

写的诗行，当正确地朗读时，每行有三个句子重音。他的忠诚追随者黑山派诗的创始人查尔斯·奥森则进一步打破威廉斯关于句子重音的有规则的格律，主张诗行的节奏只能决定于"呼吸"，而换气、停顿，又决定于诗的情绪，这样就将节奏感与诗的内容完全结合起来了。诗行的长短，其间的停顿，全看具体的诗的需要。这也进一步实现了庞德在20世纪初所提出的诗的乐句式的节奏，威廉斯—奥森这个在形式上的创新（"投射派"诗）使得当代美国诗的语言一扫学究气，很多日常语言得以入诗，为当代美国诗增添了不少生活的真实感。很多每天生活中和大街上常听到的语言出现在诗里了，但同时也常带来一些有伤大雅的字眼。诗人为了获得一种彻底解放的感觉，有意识地在诗中使用一些粗俗的口头语，譬如约翰·罗根（John Logan）在一首叫《三迁》的40多行诗中两次用脏字。这首诗的境界是出俗隐逸，但却在语言上十分随便，有村夫野民的风味。弗兰克·奥哈拉（Frank O'Hara）是一个喜欢写都市日常生活的纽约诗人，他的诗《黛女士死的那天》是写一个纽约名歌星黛女士突然死去，消息见报时给诗人和一般人民的震动。这首诗的节奏暗示着爵士乐，以配合黛女士的身份。以写《嚎叫》轰动20世纪50年代的艾伦·金丝伯格（Allen Ginsberg）和他的同伴旧金山复兴派的劳伦斯·费灵加蒂（Lawrence Ferlinghetti）都是属于用"投射诗"（projective verse）手法写作的诗人。由于以呼吸调节诗行的进行和停顿，加上配以摇滚乐，他们使当代美国诗的朗诵活动得到一次振兴。他们用词极富日常生活的强烈情绪，他们的诗中有地道的美国普通人的口吻和暗示，加上配乐，极富煽动性。费灵加蒂以街头诗人自豪。

威廉斯所渴望的写美国生活和美国人民自己的精神，在当代美国诗中得到充分的体现。在当代美国诗中，再找不到艾略特所离不开的上层社会的谈吐，将退出历史舞台的贵族和普洛弗洛克式的窝囊知识分子。诗人们所想写的是普通的发达国家的人民在现实的种种问题面前的思索和感受。尽管由于生活的需要，不少当代美国诗人都兼任大学教授、评论家、编辑等地位不低的职位，但他们的意识状态却是很群众化的。至于那些不愿走进学府门的"街头诗人"和务农的诗人自然就更不会有什么"贵族"气息了。第二次世界大战以后的几十年里，现实的复杂教育了美国普通人，使得他们从惠特曼、桑德堡、甚至哈特·克莱恩所常表达的自豪、乐观的境界里走出来。美国诗人变得更严肃，更有探索精神，更多思了。他们也仍然相信物质和科学建设的威力，但他们不再有前辈诗人那种自豪和英雄感。世界规模的大战，核武器的竞赛，资产阶级政治的欺骗性，个人在资本主义世界里的无能为力，使得他们失去前辈诗人的天真的乐观；另外，原子能科学的发展，宇航的实现，又使得他们更多地将目光从本身、本土转向世界和宇宙，因而变得对空间更加敏感。对西方文明的忧虑引起他们对东方古老文明的兴趣。老庄、禅宗成了中西部的詹姆斯·莱特和罗伯特·布莱一派新型田野诗人的思想内容中的重要哲学因素。哲学在艾略特的诗里是一种体系，是一种观察世界的框架，但在当代美国诗中哲学却是仰俯皆是地隐藏在普通生活事态后的感受。譬如，科学家兼诗人的阿门思（A. R. Ammons）在一首《科桑海边小湾》的诗里写这样的一种内心经验：一次当他在海湾漫步时看到沙丘的多变、滩地上芦苇和浆果丛略带凌乱而有着自然秩序的面貌的时候，就想到现实总是发展的、变化的，而人在认识世界时要抱着从无秩序中发现秩序，不求得知"全景"（最后的绝对真理），并且抱着开放的态度："……接受／变化的思潮／不拒绝开始或终结，不竖立围墙。"这是一首具有现实细节描写而又含有哲理的诗。当代美国诗人不如艾略特那么喜欢哲学体系，但他们几乎都带有哲学意味地品味着日常生活。哲学在这里与现实生活结合得更紧密了，失去了它的学院气味。《科桑海边小湾》中描写了一群海鸥一方面神态悠然，一方面在捕食小蟹时毫不客气地争夺。诗人说："冒着很大的危险，每一个活着的生命／都在包围中，要求生存，维持生存。"自然界中宁静优美与谋生的血腥争夺同时并存，诗人不拒绝认识这样一种复杂矛盾的现实。

当代美国诗中没有传统式的英雄，没有慷慨高昂的歌颂，诗人们默默地观察和记载着一些普普通通的人。唱流行歌曲的歌星的死代替了英雄伟人的死，在人们精神上引起强烈的感情波动，为什么？因为今天的美国普通人觉得这些歌星和演员更真实地存在于人们的现实生活中，是和他们共同生活在一个多困惑和苦恼的世界中的伙伴，而真正的英雄伟人却不是常见的。小人物，而且是有缺点的小人物，占据了诗人的注意。菲力普·勒汶（Philip Levine），一位底特律的诗人写道："我尝试向那些人们致敬，是他们教给我生命是一件神圣的事，说服我我所受的正规教育全是谎言……这些人，不管白人或黑人，主要是农村的人。现代社会的可怖对他们比对我要明确，而这个世界的美和价值对他们是第一手材料，而我对这些却是一无所知。"①他在一首叫《星光》的诗中就以这种心情写了他自己的父亲，一个疲倦的小人物，但对生活仍抱有感谢和希望。在这首诗中诗人没有用一个动感情的字眼，但读后

---

① A. Poulin Jr. 编：《当代美国诗》，第三版。

可以感到诗人对他父亲的忠厚、朴实的心灵充满了怜悯和热爱。最后，"父亲"将小勒汶举在肩上，父子一同沐浴在星光中："他的眼睛在星光中紧闭／好像那些天上闪烁的小眼睛／会看到一个高瘦的孩子／举着他的儿子面向着秋天的许诺／直到那孩子睡着了／不再在这个世界中醒来。"在另一首诗《祖父》中，勒汶又写了他那行为不甚检点的祖父，带着同情的口吻描写了他潦倒而不光明的一生。从这些例子可以看出引起诗人们注意的是一些现实生活中占最多数的平庸而值得同情的小人物。他们是那个社会最朴实的记录员，就像河床上的石子一样，虽然本身并不奇特，却准确地记载了河的历史。

当代美国诗在对待地理环境上也是符合威廉斯的倡导，充分地表现美国的城市、农村、田野的特点。是地方本土的色彩，而不是欧洲风光，成为美国当代诗人感情寄托之处。威廉斯在自传中说艾略特《荒原》的问世也是一大灾难。因为它干扰了在自己的本土上恢复文学的首要动力的运动，这种动力是文学的基本原则。这里所谓的"本乡土潜存的首要动力"，也就是我们所谓的"民族性和乡土地方性"。什么是文艺的基本，在这个问题上艾略特强调世界性，威廉斯强调民族、地方特性，威廉斯和他的追随者奥森都为了证明这个理论而各自以自己的故乡为题材写成长诗。威廉斯写了长达五册的《柏特森》，奥森以家乡葛洛斯特为对象写出十首一组的长诗《马克西姆斯》。他们两人的共同目标是将诗人放回他生长的地方，将人、地、历史糅成一体来表达。因此，与以往的诗人对待地方的态度不同，地方对他们是活的，有它自己的灵魂的存在。因此，这个地方的每一个建筑，每一个地貌，对他们来说，都与生活在这个地方的人们的性格及当地的历史及社会有关，因此，常常在诗里得到十分具体的描述。威廉斯—奥森这种写具体地方风貌的倡导使得当代诗人注意环境的具体描述，因而增加了当代美国诗的地方真实感。譬如，在《黛女士死的那天》中，奥哈拉详细地写了纽约街头，在另外一首为影星拉娜·托娜之死写的类似的诗中也出现了纽约的街景。这两首诗渲染了纽约街头的景色，如擦皮鞋、售报亭、小吃店、书店等。在诗中诗人有意识地保留真实的街名和各种企业的名字。在奥森的长诗《马克西姆斯》中不但有城市名字，还有当地的百货店、建筑公司等机构的名字，在威廉斯的长诗《柏特森》中有成段成段的散文，用以介绍这地域曾发生过的故事和有过的民间传说。在《嚎叫》里也有饮食店的名字。詹姆斯·莱特与罗伯特·布莱将中西部田野的地貌、牧场、风雪都真实地写入诗里，理查德·雨果（Richard Hugo）对美国西部地方有强烈的感受，在诗中记载了一些小城镇的衰落，深刻地刻画了土地、城镇与人的命运的联系。当人从被工业挤垮的小镇上消失后，荒凉的山坡、酒店成了墓碑，提醒着人们小镇曾有过的激动和脉搏。读了雨果的这类诗，使人想到鲁迅关于绍兴及南方水镇的一些人与地方的描写和《茶馆》《骆驼祥子》这类作品中浓厚的地方色调。可见有浓厚的地方色彩是写时代与人的一种有力的现实主义手法。

当代美国诗从写人、生活、地方各方面都确实更多写真实的成分。因此，在读这些诗时对当代美国人民的思想、精神状态、生活环境，他们所想的、所感受的都有一种亲自接触到的感觉。普普通通的人物代替了上层阶级及文化界哈姆雷特式的多思虑的角色，这里更没有慷慨陈词的人文主义英雄。在关于战争题材的诗中这种无英雄的特点尤为显著。当然这也因为20世纪50年代后美国人民只经验了发动非正义战争所带给人民的内疚。在一些描写战争的诗里，被迫去执行任务的普通士兵以严肃而沉重的心情冷静地思考着战争的残酷。詹姆斯·狄凯（James Dickey）在《燃烧弹轰炸》一诗里写执行这罪恶任务的飞行员（他自己）在上空看到下方一片火海时，内心的痛苦和感情上的震动。当他看到自己用"美国之火"毁灭了大片别人的土地、城市、房屋、生命时，不由得同时想到自己的家。诗人说："我过去不想家／现在却在想念我的家。"接着，诗写了轰炸手回忆自己家庭的舒适愉快的生活情景，与梦中正遭到轰炸夜袭的城镇居民的惨状对比。诗人想：今后他再也没有权利对被他轰炸的人们说："请进，我的家就是你的家。"这是一首卓越的反战诗。

第二次世界大战后美国诗人们的思想意识总的倾向是对正统的思想体系持怀疑态度，探索关于人生、伦理等方面的新的价值观。在艺术观上相应地转向重视对具体事物的分析、体验和观察，因此，对身边的一切比对玄想更感兴趣。20世纪40年代以前美国人在文化上常将欧洲、英国放在首位。第一次世界大战前美国诗人如庞德、艾略特都移居到英国、欧洲，去寻找文化的源泉，突出地反对这种倾向的就是威廉斯。他与当时向欧洲、英国取经并定居在那里的庞德、艾略特间的争论，在一定程度上，是这样一个问题：美国的新文学，新诗应当以美国本土的风物情思为动力呢，还是以艾略特所谓的世界文化传统（欧洲传统）为动力？今天美国新诗比较明确地回答了这个问题，即转向本国本土，向自己的人民的生活寻找诗的内容，并创造适合这种新内容的新形式。艾略特的创新和成就是无可否认的，但他所遵循的途径由于忽视了自己土地上潜在的丰富内容而显得狭窄和学院气。今天，美国新诗尽管还没有出现像艾略特那样的高峰，但却打开了更新的天地，使更多的活的素材能入诗。威廉斯曾说："我相信所有的艺术都自本乡本土开始，它必须这样开始，因为只有那样人们的感官才找得到它的素材。"[①]清除陈旧，寻找新素材和充满生命力的自己本土的语言，创造适合这些内容的新的艺术形式是威廉斯所梦寐以求的新诗改革。在被艾略特的光彩压倒了半个世纪后，他这种心愿终于在今天美国诗坛得到热烈的回响。如"客体派"诗人路易斯·茹可夫斯基（Louis Zukofsky）强调要深入观察客体，诗人的"真诚"在于"你和物生活在一起，它们生存着，你感觉着它们，思考着它们"，所以，诗人生活在"物"的环境中，他在获得强烈的对物的感受后写出诗，而这诗就有了自己独立的价值。威廉斯表示支持这种理论，奠定了诗与具体事物之间的密切关联。特殊性、地域性、具体、真实等成了当代美国诗所重视的特点。

---

① 见《诺顿现代诗选》。

二、不似现实

前面论述了当代美国诗与现实生活间的血缘关系。但它与传统现实主义在艺术上有很大的不同。它不模仿现实,而是在写真实中表达诗人主观世界中的对现实的感受,这有时是哲理性的,有时是纯感性的,有时是对人生、社会、人,甚至人类的前途、真理的探讨等方面的考虑,因此,在读这种诗时常常觉得细节很真实,但整体难掌握。诗人往往躲避对自己的经验进行理性的逻辑的分析,而努力将它的原始的模糊面貌记载下来。当一种震撼人的思想感情来到时,它往往并不像人们回忆它时那样有秩序。只是当人们在回想时对它进行了理性的加工(分析)之后它才获得人们所习惯的逻辑程序。当代美国诗人,为了表达一些隐藏在意识深处的思想和感情,往往不给予事物以日常习见的外在的逻辑,这样就使得他们的诗初读时颇为费解,也可能始终不能全解。如纽约派诗人约翰·阿胥伯莱(John Ashbery)的诗以字词的"蒙太奇"、交错的不相关联的意象著称,但正如一些评论家所说"即使最不正统的评论工具也无法对付这种谜样的诗,它的句法拒绝提供任何可辨认的发展的意思和有持续性的意义"①。又如罗伯特·布莱的新超现实主义散文诗集《樟脑和方舟木构成的身体》充满了与乡村朴素生活紧织在一起的谜样的奥义，读来既吸引人又费解，吸引人的是诗中对现实生活极有诗意的刻画，它真实而亲切，费解的是行文后面所包含的密码式的信息，它并不一定能从语言中渗透出，进入读者的领悟。但一旦读者找到了解开密码的途径，所得到的报酬就像登上险峰后俯览江河山峦时的快感。这集子中有些作品，在了解了布莱对人与宇宙间的关联的想法后，是完全可以理解的。譬如，其中一首叫《雪困》，写大雪封门三天后，农场一片死寂，只有每小时40英里的风雪在窗外疾驰，这时诗人进入为积雪封禁的书斋，发现案头一盆橘红色花卉在对雪怒放。经过一些颇为费解的意象转换后，诗人的密码终于成为可解的，这就是：风雪、花木、森林、人都是来自大地，蕴藏有同样的内在的能量和威力，无论在怎样的条件下都会顽强地生活下去，歌唱着生活下去。诗人说："……我们的身体和风雪一样蕴藏有能量。身体准备在整个黑夜里歌唱。"由于当代诗人比艾略特更少借助于有体系的哲学，更强调初始的感受、意识深层的"深意象"（deep image）和如梦

---

① 《美国当代诗选》，郑敏译，518页，长沙，湖南人民出版社，1987年。

的"非逻辑"性，不少诗比艾略特的作品难懂得多，但同时又比艾略特的诗更富现实气息。读艾略特的作品我们觉得是哲学，找到了感性的"客观关联物"（objective correlative），如艾略特自己所要求那样；但读当代美国诗我们觉得感性的现实像矿石标本样被诗人采集下来，"金子"只是隐隐约约地闪出星星的光彩，也许有的矿石只有在经过读者的提炼之后才显出它的宝藏。艾略特用"客观关联物"堆叠成的翠峰和塑像固然令人赞叹，但这些带着美洲乡土气息的具有自然形态的矿石标本更是它们自己的土地和人民的代表，因而更真实，更质朴，但更需要一番开凿和冶炼才向读者展开它的秘密。

当代美国诗以威廉斯—奥森为盟主，发展出后现代派的诗歌。它和表现现实的关系是如何的呢？所有的文学都来自现实生活。没有现实生活作为土壤，文学是无从生长的。但古往今来，各时代、各流派在创作过程中对写现实却抱着各种不同的态度，回顾一下文学写现实的过去对理解当代美国诗在这个问题上的立场是有帮助的。在原始穴居人和上古时期留下的文学艺术品里现实获得一个粗线条的呈现，如此之粗略，以致必须通过象征才能传达信息，这也许可以看作原始的不自觉的象征写实吧。经过古代、中世纪和西方文艺复兴，西方的创作手法愈来愈成熟，文学艺术进入古典主义时期，以"栩栩如生"而令人赞叹，待进入新古典主义和洛可可时期，艺术开始要驯服自然，使自然失去它的本色，就范在精雕细刻、对称均衡的艺术形式和同样精美的语言里。这时可以说艺术成了"不自然"的代名词。但，很快，浪漫主义的浪潮就开始冲刷这种不自然的习气，于是自然被从新古典主义的形式中解放出来，然而又立即被涂上一层超自然的色调和神采，使现实在文学艺术中披上一层彩虹似的霞光，虽说美丽、崇高、非凡，但失之夸大和失真。工业革命带来了惊人的社会变革，现代主义在第一次世界大战后更加坚决地将现实从云彩的霞光中接到城市中来，那里烟囱林立，科学不断发展，但社会问题也以同等的速度涌现。从那以后直到后现代派诞生之前，现实出现在诗歌里如同一个身穿丧服蒙着面纱的女子，深沉、冷漠、神秘、迷惘。第二次世界大战后，美国当代诗歌对于现代派那种冷漠的反人文主义的美学观，如艾略特的非人格化创作论和对旧秩序逝去的沮丧惋惜心情，以及艾略特宣传的苦行僧式的对物质和肉体的鄙视，都感到陈旧，认为不符合20世纪50年代后美国诗人的生活态度。因此，他们在诗中在表现现实时以五色斑斓、美丑杂陈代替现代派初期的单一的忧郁和黑色的和谐。他们比艾略特更彻底地抛弃旧的秩序和体系，不再因为秩序井然、温文儒雅的旧时代的消失而惋惜。他们想彻底抛弃文学的昨天，迈出全新的一步。威廉斯曾说创新就是将过去抛弃，"破坏与建设是并存的"[①]。他和他的追随者将黑色丧服和面纱从现实的身上剥下，他们所刻画的现实赞美物质和肉体，随着摇滚乐的节奏舞蹈，有时歌唱，有时咒骂，有时激动，有时低沉，但在所有的时候都反对保守的正统，向欧洲的文化传统提出挑战和质疑。在语言上当代美国诗也进行了重要的革新。法国结构主义评论家罗兰·巴尔特认为古典诗是用语言表达一个现成的思想，而现代诗中当语言形成一个形式的整体后，就放出一种知性与感性的成分，这样现代诗的文字就富有孕育思想感情的活力（见《零度作品》，第43页），而不仅仅是一个用以"载道"的工具。语言在现当代诗中相对独立的活力造成诗的多层结构和再生释义（即从文字引起的新意义和解释）。因此，当代诗距离模仿现实的传统很远。

总之，可以明确一点，即当代美国诗虽比艾略特时代更多日常生活情景与细节的记载，有更多诗人自己的经历和内心状况，但并没有比艾略特时代更接近模仿现实的西方现实主义和古典主义的传统。詹姆斯·乔伊斯被威廉斯称赞为解放"字"的小说家，说他将字从学究气和时间的陈腐中解放出来，而女

---

① 威廉斯：《马丽安·摩尔》。

诗人马丽安·摩尔（Marianne Moore）给字词一次酸蚀浴，使它们面貌一新。①威廉斯说，"诗人都是偶像的砸碎者"②，"每个时代都召唤暴力，授予新的使命／为了新的报酬"③。借用法国后结构主义者雅克·德里达（Jacques Derrida）的说法，可以说当代美国诗学是解体性的（deconstructive），因为它反对形而上学的哲学体系，反对以传统伦理道德为诗的主题中心，反对传统的关于语言与思维的关系，反对封闭的诗的形式，等等。对美国当代诗人来说这是一个反建设的时代，他们要继艾略特之后进一步摧毁西方文学哲学传统，他们相信，像威廉斯所说：破坏与建设是并存的。④

对美国当代诗歌进行评价和预测不是这篇文章的篇幅所能及的。美国当代诗学吸收了新的科学概念（见奥森的关于投射派诗的多篇论文）和后结构主义美学和语言学的一些论点，正在继续进行试验。它究竟能否真的达到它预期的效果，创造出

---

① 威廉斯：《马丽安·摩尔》。

② 威廉斯：《诗体学》手稿。

③ 见《威廉斯后期诗集》，1963。

④ 事实上，威廉斯并非绝对不吸收欧洲文学传统。只是他很强调将外国技巧手法"美国化"。正如M. L. 罗森萨教授在他编的《威廉斯读物》的序言中所指出，威廉斯使用了欧洲的一些方法，但他想使这些方法找到它们的美国表达方式。

站得住的新诗新品种，只有等历史来判定。虽说借助后结构主义关于语言的理论，新诗的语言享有空前的自由和重视，但新诗也因此付出了很大的代价，它正在冒着失去读者的危险，因为它的难解已经达到令人警惕的地步。

*本文首次发表于《外国文学研究》，1985（4），亦为《美国当代诗选》（郑敏译，长沙，湖南人民出版社，1987）的代序。该书出版于出版社改组前夕，付排仓促，未阅清样，排校错误很多，至今深感遗憾。

读者想象力的流动
——谈几种美国当代诗的阅读问题

　　想象力是流体。它的流动方向随着所欣赏的诗的结构而变化。这里我们可以看看它的三种流态，即线、面、点。

　　想象力在需要时可像一根丝线在风里飘出各种图案，一支电笔勾画出轮廓。这轮廓，或图案就是所谈的诗的结构。想象力也能像一片泛出的湖水淹浸着农田，一片一片的。那浸渍不以轮廓为主要特点，而是一种面积，和上面所说的线条图案有别。线条给人们清晰的轮廓图像，而面积则给人重叠的质感。一个可以比作勾画素描，一个可以比作泼墨。想象力是读者接触作品的手指，除了上述两种线和面的运动之外，对有些诗想象力必须做"点"的运动。这些当然都根据诗的结构的引导。

　　在读诗时，读者的想象力的活跃是起决定性作用的。对一首诗的完全消化吸收，而不是粗略地咀嚼，就需要依照它的结构特点接触它。我国读者习惯于古典主义或浪漫主义、现实主义诗歌的结构，而对现代主义的诗歌比较陌生，因此，不习惯让自己的想象力跟着它的节奏舞蹈。下面一首罗伯特·布莱的诗可算一首要求流线想象力运动的诗：

这些松林、秋橡树，岩石

这暗郁的水，被抚摸

我正像你，你，暗色的船

漂流在冷泉注入的水上

从儿童时我就梦想

水下奇特，阴郁的宝物

不是金的或奇特的宝石

而是明州苍白的湖水下的真的礼物

今早也一样，在晨风中漂流

我感觉到我的双手和鞋，这支笔

漂流，随着我的全身

浮在肉体的云霞和顽石之上

一些友谊，几个黎明，几瞥绿草

几支桨，饱经寒雪与暑热

我们就这样飘向岸边，穿过寒冷的水域，

不再在乎我们是随波漂流，还是笔直航行。

（《和友人彻夜痛饮、黎明泛舟赛诗》）

这首诗的主题显然是漂流，人和船的漂流感。漂流带给乘船人超脱和自由感。情调没有凄凉的色彩。诗进展得流畅，轮廓清晰，但有内涵。读这种线条素描的诗，想象力要追随诗的进展，走完全程，而后才能感受到轮廓所创造的空间中诗的活力和振波。詹姆斯·莱特的《一次祝福》也是属于这类线条素描的诗。

但在读用面积构成的立体诗时想象力却不能作为线条来流动，而必须以面积来覆盖。它的横向运动成为主要的。读者以一片片想象之流来接触诗中交错重叠的面积。布莱的另一首诗《夜》就要求这种面的想象力：

I

假如我想到一匹不眠的马

整夜漫游在这片月光中的草地

我觉得欢快，好像我想象着

一条海盗的船耕过一片黑色花朵的田地

Ⅱ

周围的老黄杨树充满欢乐

听从杨树下的生物的命令

百合睡觉了，植物睡觉了

Ⅲ

蝴蝶在翅膀上沾有泥土

蟾蜍在皮上染有岩石末

树冠上的树叶困了

像它树根上的黑泥土

Ⅳ

活着，我们像油黑的水上甲壳虫

在死水上滑向任一方

我们做出选择，但突然就

被水下的什么吞没了。

这首诗的四节各成一个面，交错重叠穿插成一个立体的雕塑。
读时，我们的想象力必须铺开，横向地追随每一节的面积：马
的动，树的静，蝴蝶与蟾蜍的复杂，甲壳虫的悲，以及它们与

活及死和夜的关系，每一种情况后面的感情，及这一切怎样通过"夜"这个环节和人们的生存及消逝发生联系。对四节中四个空间内涵必须有充分的敏感，这就要求读者的想象先做横向运动。但最终又能将四个面积用纵向的组织能力将它们结合在一起，这需要从交错重叠的结构里找出四者之间的关系，这就是诗的主题。

上述两类诗所要求的想象力的两类运动是带有普遍性的，如果用绘画中的线条和面两种画法来比喻，第一首《和友人彻夜痛饮、黎明泛舟赛诗》可比作亨利·马蒂斯（1869—1954）的某些油画中流畅的线条，而第二首《夜》则可比作保罗·塞尚（1839—1906）的某些静物及风景画。塞尚开始了现代的立体主义油画，他画的桌布、苹果、山峦，都有强烈的立体感，它们揭示着物体对象的密度，重叠、交错的面的结构，及这些面所组成的雕塑整体。而马蒂斯所画的舞蹈者的圆圈让观看者充分感觉到舞蹈着的人体的流动线条。用流动的线条组成整体感很强的画面正是这类诗、画的特点，轮廓的清晰并不衰减内涵的深意。在美国现当代诗中不难找出这两类画的对应品种。华莱士·史蒂文森的《关于鸟》（《十三种观察乌鸦的方法》）是属于线型的，而他的《星期天的早晨》及《蓝色吉他和演奏者》则属于面型的。罗伯特·罗维尔的《臭鼬来时》《在黑岩的谈话》《写给联邦的死者》都是面型的。詹姆斯·莱特的《一次祝福》是一首十分典型的优美的线型诗。

在当代美国诗人中，纽约派的约翰·阿胥伯莱是一个典型的抽象立体派诗人。他的《这些湖畔城》就是一首一片片剪碎的意象的拼贴。该诗的第二节或许可以给我们一些关于这首诗中拼贴的图案的概念。

> 它们出现了，直到一个指挥塔
>
> 控制着天空，用巧妙浸入过去
>
> 寻找天鹅和烛尖似的树的枝条
>
> 燃烧着，直到一切仇恨者变成无用的爱。

在这首诗的第一节诗人说湖畔城是一个概念的产物，这就是"人是可怕的"，而在上面引的一节中这种"可怕"经过燃烧变成"无用的爱"。这场燃烧是在寻找过去中进行的，过去是用无邪的天鹅和烛尖似的枝条象征的。第二行的"浸入过去"的"浸"字是和天鹅及湖水在一起联想的。而第四行的"燃烧"又和第三行的"烛尖"在一起联想。虽然"可怕"变成"可爱"，但这爱又是无用的，因为现代湖畔城只是用"巧妙"而不是真实去寻找优美的过去。在这节诗里，今天与过去，可怕与爱，具有无情和威胁性的现代城市指挥塔与过去的天鹅、树枝等相矛盾的因素被拼贴在一起。为了欣赏这样的诗，读者的想象力要像泼墨一样流溢向多层次的、交错的、杂拼的画面。感觉是复杂的、不明晰的，反映了事物（客观与主观两方面）的反逻辑的杂乱存在状态。这种诗所以产生在20世纪的今天是由于西方文化还在挣扎着走出自己长期以来形成的简单化、僵化、形而上的逻辑体系。这种挣扎在20世纪初就已变得明显了，20世纪80年代进入高峰成为后结构主义，即解构主义的主导思想。在文学上作家们希望能揭露出来事物更复杂的深层，将触须伸入一个尚未被人们整理成序的精神及物质世界的深处。20世纪80年代西方文化正处于大破古典及浪漫人文主义阶段，这也是这种晦涩难解、丰富而不透明的诗歌产生的背景。我们除了用想象力竭力渗透和覆盖它的复杂面之外不能要求有客观、清晰的解释。

除上述想象力的两种运动之外，还可以说有一种"点"的运动。在读这种诗时读者的想象力要追随诗中闪烁着光亮的点而运动。这种诗所用的表达法很像乔治·索瑞（1859—1891）的点画法，就是在轻淡松散的面积上用笔尖蘸上各种色彩的油彩进行点画，全画的光、色、影全由"点"构成。肯尼斯·克柯的一首长诗《和简妮斯在一起》就是这类诗的一例。全诗二百多行，虽有一个比较模糊的结构，但吸引读者的是诗中散布着的类似发光的颜色点的诗行。下面是这首诗的开端的一些选段：

叶子已经在树上，果树的花

白的，没有凋谢；粉的，没有凋谢

我们乘一条船，在水上，水里有海

淹没我们全部咸味的句子，

或是一只鹅，一条船，一块石头，一扇石壁

硬的——略带微笑——生活，早些时

或晚些时坐在那里，忘记了词句和蜜蜂……

……肥皂

正爬上肥皂盒，放桨，又滑下来

这时冷水停了

冲进去，浴室全湿了，我说

我愿意和事物在一起，而不是关于事物

而且它最后能又变成统一的吗？

我是这里的一把刷子，穿衣服的假人的头上的一顶帽子。

收到信

坐下，我避免受惩罚，我说

这是一棵锯下的树枝，但没有树

我也没有锯

我计划拥有离开的权力，无限制的。

而在表面上维持极端的冷静，这是

黄昏的一个好来源，出汗，在下午瞌睡……

一朵菊花，虽然还很丰满

对我的鼻子已失去一部分香气……

一个女孩穿着灰白——粉红——白色衣服

在峭壁上倒一杯碧绿水入桶……

从这些选段里可以看出诗的梗概杂乱，但有不少的内涵复杂但外表荒诞的诗行，有些有十分形象，色调鲜明的画面。这些"点"都和诗人所要描述的"和简妮斯在一起"的感受有关。要捕捉一些难以言传的心态，诗人想借用一些不相关联的现象点来直接传达他的感受和烘托气氛，达到一种只可意会不能言传的效果。这种诗的欣赏是无法用日常逻辑思维来达到的，由于篇幅关系就不在这里对这类诗仔细推敲了。

当代美国诗风格很复杂，并不像20世纪30、40、60年代几次革新高峰时那样有几个主要流派，理论明显。但虽然20世纪80年代诗的出版和其他读物一样面临"爆炸"的状况，多而杂，但大体上有一个共同点，就是都对人、物、事及诗人自身采取重新审视，希望挖出它们至今尚未被作家描写过的深层。如果形式有所更新，即是出于对人、事、物有新的认识深度的需要。由于心理学、语言学、人类学、哲学随着科学、生产在20世纪80年代急剧发展，今天西方文化对"人"的概念大大地复杂化了。诗比其他文学品种更需要以最强烈、集中、直接而不普通的途径来表达这种新的对"人"的复杂性的认识，对诗的理解也只能从理解它所要表达的意识及其复杂性入手，而不能脱离它这个特定的现当代内容，只模仿它的手法和形式。西方诗在文字的使用上特别敏感，文字与文学内容的关系达到空前的密切，而文字与内容又相互启迪，以获得作品的有机的深度。语言与文学内容经常互相诱发，这是造成今天当代西方诗多层、复杂、难读的又一个很重要的原因。在通俗文艺占据了电视的今天，西方严肃文学，尤其是诗，正在失去读者和观众，但却在文学理论的试验上走在前面。

下编 不可竭尽的魅力

英国浪漫主义大诗人华兹华斯的再评价

"四人帮"的假马克思主义的大棒在过去十几年内几乎横扫了西方文学艺术的所有伟大文学家和艺术家。贝多芬、莎士比亚的作品或被认为是黄色的，或被贴上"封、资、修"的封条，总之都在被打倒之列。英国19世纪大诗人华兹华斯的命运也不例外。他被划作消极、反面的浪漫诗人，人为地将他与进步的浪漫诗人拜伦、雪莱对立起来，将他打入冷宫。这里当然还有外国教条主义的影响，在他们的文学史著述中华兹华斯也是被列为反面诗人的。这种评价在很长一个阶段束缚了我们的思想。今天，我们应当慎重地对待一个被本民族热爱，而且对其本国文学发展有重大影响的作家，不应当三言两语就将其"报销"。那样做似乎痛快一时，但终究有很大的流弊。一是容易犯主观主义、唯心的毛病，犯不尊重历史实践的错误；二是容易使作家的本国人民及热爱他的世界读者感到我们不尊重别国民族的文化遗产，有文化沙文主义之嫌，或者怀疑我们根本没有读懂该作家的著作。总之，这种简单粗暴否定外国文化遗产的态度，不利团结世界各国人民互相学习，互相交流。为此我们对像华兹华斯这样有重大影响的大诗人应当加以认真的重新评价。

下面从三个主要方面谈谈华兹华斯的杰出成就，这就是：他对19世纪前半叶英国下层社会人民生活的反映；对自然的描写；以及他对英诗发展的影响和他的艺术造诣。

一、刻画了19世纪初英国贫苦农民的生活

华兹华斯的诗描述了19世纪初英国贫苦农民的痛苦和创伤。发生在世纪的转折点的资本主义工业革命给英国下层人民，特别是农民，在生活上带来了很大的震动。农村人口外流，农业凋零，很多农民失去土地、家破人亡，妻子儿女不得不去城市廉价出售劳力。恩格斯在《英国工人阶级状况》中对当时工人的各种凄惨生活的情况有着极生动的记载，看了令人深深理解到资本家的每块硬币都渗透着穷人的血。这种凄惨生活也生动地记载在华兹华斯的诗里。在这些诗里华兹华斯好像一个艺术家一样善于捕捉生动的画面，通过几个侧面、几个镜

头、几个悲痛的姿势，将穷人的痛苦凝聚在他的诗行里，使读者在读完他的诗作后，久久不能平静，脑海里深深地印下诗中主人翁的痛苦形象。

这类诗中最常被提到的是《麦可》。一个披星戴月的勤劳农民，最后失掉了独子和土地。读完这首长诗，我们似乎看见：在河谷里老人孤独地、失神地坐在一个未完成的羊圈边。这个羊圈是他计划要和他的爱子一起完成的，这个梦想始终没有实现。他心爱的路克再也不会回来了，他永远消失在充满邪恶和诱惑的城市生活中，他被黑暗吞没了⋯⋯老人痴痴地眺望远方，等候路克，只有一只老狗陪着主人。

在《露西·葛雷》中，一个女孩在风雪之夜，提着灯笼走过荒原去迎接深夜从城镇劳动回来的母亲。但迷路的女孩永远走不到城镇了，她消失在风雪中。只有她欢乐天真的形象至今仍好像徘徊在荒原上：

> 但至今人们坚信
> 荒原上仍生活着小露西，
> 她可爱的背影逶迤前进，
> 头也不回，
> 她的歌声将人们吸引。

一个天真勇敢的劳动人民的女孩，在风雪之夜中的乐观精神，被诗人生动地刻画下来。她的死也是大工业对穷人的迫害的曲折反映。

流浪在城市的农村妇女苏珊，在早春的街头，忽然听见树梢小鸟啼唤，眼前不禁涌现故乡的山光树影、幽谷小溪，但这幻景很快就被苏醒了的都市的现实生活驱逐得烟消云散了，只剩下可怜的苏珊蹒跚街头。

还有那在寂寞的山道边吃着讨来的干粮的老乞丐，颤抖的双手唯恐落下一粒饼渣；走起路来拖着一条棍子，匍匐着身子，两眼永远看不见身边的山谷与头顶的天空……

还有那被遗弃的农村姑娘罗斯，她发疯了，每天吹着芦笛，呜咽的笛声迟缓了行人的脚步……

这些穷人的群像，像雕塑般浮现在纸上。这就是19世纪工厂林立、农村凋零的英国社会的一个侧面。华兹华斯像一个雕塑家，把这些反映在他的诗里。读到这些卓越的现实主义描绘，人们自然地想起伟大的雕刻家罗丹的优秀作品和我们的"收租院"。

尽管华兹华斯终生没有找到消灭贫穷的正确途径，甚至有时用唯心主义的道德观来寻找自我解脱，因此有着逃避主义的倾向，但他忠实地记载了他那时代穷人的悲哀。他敢于将笔锋指向罪恶的社会，刻画了穷人的悲惨生活，控诉资本主义的残酷。他不屑于写贵妇人茶余酒后的嬉笑怒骂（这是新古典派所擅长的），什么美丽的发卷被剪落了，引起美人的愤怒之类的诗（蒲伯：《劫发记》）。当然新古典派也对英国文学作出重大贡献，尤其是对讽刺文学和诗的格式产生了重大影响。这里只是说在题材的选择上华兹华斯是大胆的，他敢于写不登大雅之堂的穷人。他认为农村人过着勤劳朴素的生活，他们终年与自然斗争，不为城市及宫廷的豪华生活所染，体现出高尚的品质，因此值得赞美，他们的喜怒哀乐是诗的绝好题材。在《坚毅与独立》一诗中，华兹华斯刻画一个以捕捉水蛭为生的老人。他以顽强的意志坚持独立谋生，在最困难的情况下仍抱着乐观的情绪。这种劳动人民的阶级品质深深感动了诗人。

华兹华斯认为用农民朴实的语言比用宫廷贵人的充满脂粉气的艳丽辞藻更有利于表达高尚的情操，更能写出境界高、内容深的诗。生活在新古典主义盛行时代，当一切文艺、生活、服饰都追求人为的、造作的美与华贵时，华兹华斯提出这种文艺理论，并且欣然以自己的抒情故事诗集验证这种理论，是需要很大的勇气的。他在诗集的序言中申述了自己的理论，为英诗打开一个全新的时代。关于这一点，留待下面再谈。

二、描写自然的诗

随着人类文明的发展，自然与人类的关系变得更密切、更自觉。自然是人类的哺育者，也是人们的良朋益友和导师，人类不但和自然有物质上的联系，而且也产生了精神的关系，自然使人们惊叹、赞美、恐怖……自然迫使人类斗争，使人类在斗争中变得更勇敢、坚强、聪慧。

伟大的浪漫主义诗人如华兹华斯、拜伦、雪莱和济慈的诗中都体现了诗人在自然中的感受，描写了高山峻岭、飞瀑风雪的惊心动魄，深谷迷雾的神秘玄奥。写景从来都是写情、写境，这在我们的山水画中是天经地义的一条道理。华兹华斯在写自然方面比起拜伦等人更多地、更自觉地写诗人的思想境界，在这方面很容易得到富有山水、花鸟画的传统的东方人的理解和欣赏。在中国国画中，松下仙鹤给人一种异常的超脱清逸之感。虚无缥缈，半沉在云雾中的山峰，使人感到大自然无限深远，永远吸引人们对它深思探讨。我国国画中绘出花鸟山水虫鱼的各种姿态，以表达人们对德、智、美的向往，华兹华斯描写自然的诗在这方面有异曲同工之妙。

譬如在几首写百灵鸟和其他善唱的鸟类的诗中，华兹华斯也是通过歌颂鸟儿，赞美无羁无绊、自由欢快的生活和磊落不俗的情操。在写野菊时，诗人把在困难面前徘徊不前，心胸压抑的人跟野菊作了比较，他歌唱着：

> 洁白的花，你四海为家
>
> 你能否教给人们
>
> 在任何风雨中也能栖身；
>
> 任何逆境、严寒、酷暑中，都满怀信心？
>
> 世界上布满你的足迹，
>
> 骄傲面前不折腰，
>
> 疑难面前不动摇，
>
> 尽管世态炎凉，你永远欢喜，
>
> 温良谦让，沉默安逸，
>
> 你时刻对人们进行着教育。

自然对华兹华斯是一个极好的教师。他认为与自然朝夕相处有益于人们道德品质的成长。农民自幼生活在山谷、河流、田野之间，因此成长得纯朴、勇敢、坚毅。在城市里，当人们无法逃避人欲横流的丑恶社会时，如果偶尔回顾一下过去所看过的瀑布、森林、山峦、湖泊，回想一下自己在它们面前凝神时的心情，就可以重新得到斗争下去的勇气。这种从自然中寻找力量、美感和智慧的要求，是促使华兹华斯描写自然的动力。正像中国的山水画家画自然是为了借用隐藏在大自然中的雄伟、幽静、磊落来表达画家对高尚情操的向往。这样的诗画对人们是有着熏陶、启发、教育的作用，是每个民族的文化遗产中可珍贵的一部分，不应受到粗暴的处理。

青年的华兹华斯对法国大革命时所提出的自由、平等、博爱的口号真诚拥护，并且亲自去法国，认识了不少革命家。但拿破仑的称帝很快就粉碎了他的革命美梦。由于他找不到比法国资产阶级革命口号更鼓舞他的理想（华兹华斯在《共产党宣言》发表后两年就去世了），他陷入悲痛和失望中，从此他时常为内心的痛苦和失望所折磨。他十分厌恶浮华的生活，因此过着隐居的生活。与大自然朝夕相处，觉得大自然的雄伟壮观、丰彩多姿、深沉幽静能医治他心灵的创伤。因此他认为当人们欣赏大自然时，他不但为当前吸取到力量，而且也为明天积蓄着精神食粮。在《我徘徊像一片孤云》中，诗人描写了一片风中摇摆、充满欢乐的水仙花的快感，并且说以后每当他情绪低落时，眼前就涌现这片舞蹈的水仙花，而感到无限慰藉。这是"美育"对诗人、艺术家所起的重大思想作用。在《写于亭登寺附近的诗行》中有这样几行：

我曾远离，岁月冗长，

这优美的形象呵，

你是我的伴侣，

这图画涌现在我眼前

不是绘画在盲人前面。

无论在寂寞的室内，还是闹市喧嚣，

在倦怠的时刻，是你给我甜美的感觉，

渗透我的血液，流过心房，

进入我纯洁的脑海，带来宁静和健康。

往日的山水在心目中再现，带来无限美好的情绪，解除了世间烦恼的羁绊。诗人身心沉浸在一种肃穆中，直至自己觉得像一个脱离了肉体羁绊的灵魂，用他的慧眼观察事物的真相。这种身心的彻底解脱所带来的肃穆之感是好静、喜爱沉思的人们常有的体会。这种在大自然面前心旷神怡的内心境界第一次被诗人记载下来。写到这里也许有人问道："我们生活如此紧张，哪有闲情去了解这种悠然自得的内心境界？"动和静是相辅相成的，没有动就不会理解静给人们带来的快感，没有静也不可能动，因此这种描写内心的宁静的诗也给我们紧张的生活带来必需的调节。它的艺术价值正如王维的山水诗，或陶渊明的田园诗，齐白石的花卉虫鱼以及我国有着悠久历史的丰富多彩的山水画。

三、华兹华斯对英国现代诗发展的影响

没有华兹华斯的诗，英国诗怎样过渡到现代诗是很难想象的。华兹华斯的诗和诗的理论在18、19世纪英诗的发展史上起着承上启下的作用。因此也是英国诗从18世纪不甚兴盛的情况转向19世纪浪漫主义高峰，又进入光怪陆离的现代诗的过程中所不可缺少的一个环节。忽视了这个环节就必然切断英诗的发展史，也很难解释现代诗中的一些现象。

在英国文坛上连续出现像莎士比亚、密尔顿、约翰·顿这些惊人的天才作家后，18世纪新古典主义流派把持的文坛相形之下显得略有逊色。他们辞藻华丽，有时带有浓厚的脂粉气，用矫揉造作的词句写上层社会和宫廷生活。虽然这中间也有杰出的作品，特别是讽刺文学有了很大的发展，但总的说来诗的内容脱离了广大群众的现实生活，题材单调贫乏。华兹华斯这时正年轻，受到法国革命的感召，向往新的民主生活，但是他的理想很快就破灭了。他对浮华的宫廷生活是厌恶的。资本主义工业革命后，城市生活人欲横流，腐朽现象使他深恶痛

绝，同时他较多接触城市平民和农民，看到他们生活的简陋、贫穷和他们在贫苦中所表现出的种种美德与城市富贵人家的骄奢、贪婪恰成对比。华兹华斯一向认为诗是应当写高尚的情操的，因此得出结论，认为诗应当用平民的语言写穷苦人的生活。

在他的抒情故事诗集的序言中，华兹华斯说他和他的诗友决定用"人们在真实生活中的语言"写普通人生活的内容。他说农村的朴素贫寒生活保持着人们的情感的纯洁真挚，农业劳动使人们坚强，和大自然的不断接触保持了人们性格中的坚强意志和优美情意。他们的语言不受都市浮华的沾染，因此适合于用来表达真挚的感情。但是在他的时代，时髦的诗人常常放弃这种有表达力和富有哲学意义的普通人的语言，用以代之的却是他们的矫揉造作的不自然的所谓"诗的语言"。这种语言得不到群众的同情，只能用来讨好那种"他们自己所培养出来的变化无常的趣味"。

华兹华斯在当时的情况下，提出上述的理论是需要不少勇气的。他以一册抒情故事诗集来体现他的这种理论。实践的结果证实了这种新诗受到不少的读者的拥护和喜爱，当然也遭到一些人的讥笑和讽刺。华兹华斯对这两种反应是有思想准备的。他说他的这个诗集中不会有当时时髦的诗人所写的那种诗，但他相信他的诗集会获得一些读者的支持。事实证明，它所引起的积极反应远远超过华兹华斯自己的估计，当然在当时"权威诗人"圈子里，它也引起强烈的反感。

自这册抒情故事诗问世后，英美诗在内容、词汇、格式、风格各方面都受到不寻常的震动，当时垄断文坛的新古典派的诗歌所树立的美的标准受到无情的冲击。华兹华斯的诗和他的关于诗的理论起了继往开来的作用。在莎士比亚和密尔顿时代所重视的激情又重新成了诗的灵魂，丰富的想象力为诗插上翅膀，使它再一次飞向理想、飞向崇高的境界。而另外，平凡的小人物、农民和他们的喜怒哀乐成了诗人笔锋所向。在华兹华斯以前，诗似乎只应当用来表达有教养的贵族和他们的子女的感情。除了帝王将相、贵族妇女之外，平民很难入诗，更何况农民！华兹华斯为普普通通的人打开了诗的大门。

如果没有华兹华斯的努力，英诗的词汇将长时期被禁锢在新古典主义的特别喜爱和擅长的"委婉词汇"（euphemism）中。譬如说"开枪"两字似乎太平常，新古典主义诗人为了使它变成"诗的语言"，就将这简单的语言变成"将枪举起用眼瞄准"。总之，新古典主义者为了追求"高雅"，愈来愈抛弃生动而简单的人们日常用语。华兹华斯在对这种审美观念和标准进行批评后，打开诗的领域，引进平民和农民的语言。他对当时诗的冲击使英诗获得新的血液，并且重新与生活——"文学的源泉"联系起来。这样才为现代诗异常丰富的语言打开一个新场面。因此将华兹华斯这个英诗发展中起一个继往开来作用的重要诗人，武断地全部否定是不符合英国诗在历史上实际发展的情况的。

四、华兹华斯的艺术造诣

从艺术的角度，华兹华斯虽然也注意诗的格式，譬如他的十四行诗自成一格，创立了所谓华兹华斯式的十四行诗。从他以后，自由诗也得到很大的发展。但他的更大的贡献却在于对诗的功能和诗的艺术提出新的理解。下面分几方面说明华兹华斯的贡献。

富于弦外之音

华兹华斯的诗常常是看来浅显易懂，但读者总觉得作者在简单朴实的词句后面隐藏了一些深奥的意思。这是因为华兹华斯一向主张"将平凡的事物染上一层幻想的色彩"。这是说诗人在描写普通平凡的事物时总是表达了诗人在观察世界时所发现的深奥意义，这种蕴藏在平凡事物中的不平凡意义往往是一般人所注意不到的，而诗人敏感、富想象力、独具慧眼，因此能洞察事物的实质。譬如，在一首《我们兄妹七人》的短诗中，诗人记载了和一个农村小姑娘的谈话。诗人向小姑娘打听她有几个兄弟姐妹时，小姑娘一再坚持将已去世的姐姐和哥哥算在一起，回答说："我们兄妹七个。"这一段极为平凡的对话，揭示了小姑娘对她的哥哥、姐姐真挚深刻的感情。天真的孩子往往说出使人们心弦震荡的真情。那小姑娘的天真和坚强反衬出在资本主义金钱人欲成为主宰的时代，社会上人情冷酷，世态炎凉。诗人是在感叹在社会上哪里去寻找这样真挚的手足之情呢。平凡而简单的人生刹那间给诗人意味深长的启示。诗人捕捉住这可贵的片刻，记录下来，这就是诗人所谓的在简单平凡的事物上涂上一层幻想的色彩。它的效果就是使读者在读完后总觉得诗中有弦外之音，合卷后仍然余音袅袅，吸引着读者再回味诗中的情景。这样的诗简朴中有韵味，寓奥义于天然，是难得的佳作。虽说不是什么大块史诗，慷慨激昂，但却有它隽永的价值。

我国的伟大文艺理论著作《文心雕龙》中曾提到诗要有"隐秀"。华兹华斯的诗正是富有隐秀的作品。"隐秀"中说："夫心术之动远矣，文情之变深矣。"就是说诗人的想象力驰骋天地，作品也就丰富，多神采。又说："源奥而派生，根盛而颖峻。"想象力丰富,观察深刻,作品就像根深叶茂的大树。又说:"是以文之英蕤,有秀有隐。隐也者,文外之重旨者也。"这里讲的文外之重旨正是上面所说的弦外之音。对于一个粗心大意、不钻研的肤浅读者,这种弦外之音是不可知的,而对于一个耐心体会的读者,这种弦外之音吸引他不断地回味。因此,《文心雕龙》作者又说这隐秀"使玩之者无穷,味之者不厌矣"。"坑之者"就是不认真的读者,自然不得其门而入;而反复琢磨诗意的读者,也就是"味之者",则是百读不厌。可见中国诗是十分重视这种弦外之音的。也正因此,华兹华斯的诗较易为中国读者所接受,他的诗在20世纪前半叶对中国新诗创作是有影响的。

强调刻画内心的感情起伏

写平凡而表达不平凡,写社会与自然环境而表达人物内心世界,写客观同时表达主观的情况,这是华兹华斯在艺术上的造诣。华兹华斯相当早地注意描写人物内心世界,这对现代文学也是有影响的。他的故事诗中角色的心潮起伏,和抒情诗中主人翁的幻觉和激动,都是华兹华斯所刻画的对象。这与19世纪的印象派画有相似之处。用工笔来描绘现实不是浪漫派诗人和印象派画家的目的,他们是要通过诗和画使得欣赏者体会艺术家和诗人彼时彼地所感受到的美和威力，他们所经历过的感情的激动，他们所领会到的真理。在华兹华斯的诗中他记载下他亲自听到的声音，看到的形象、线条和色调。因此他的诗强调写环境给人们的感官留下的印象，和这些印象在人们的感情里所引起的波涛。这有时是涟漪微波，令人心旷神怡，有时是白浪滔天，令人耳目眩晕；正是这种宁静或激动的感受是诗人描写的对象。

譬如，在《布谷鸟》中，诗人静卧在山谷中，静听早春的布谷啼声，仿佛觉得布谷不再是一只鸟，而化成一个无形的"声音"，一个徘徊飘荡的声音，这声音既出现在身边，又仿佛回荡在远处。诗人回忆自己在儿童时代，每听到布谷鸟回来时，总是为它那同时从四方传来的呼唤声所吸引，但却找不见它的踪影。这里描述了一个十分敏感的诗人，在早春时对大自然苏醒过来的生机的感受。布谷的啼声给诗人的幻觉，仿佛天地忽然变成仙境，自己又一次体验到童年的天真欢乐。

在写自然的幽美和威力时，诗人更是诉之于我们的感性，希望我们和他一起重新体会一次他有过的印象和激情。他在《写于亭登寺附近的诗行》中，写自然的雄伟壮美。诗人告诉我们在自然面前他如何心旷神怡，一直到进入一种完全不感觉自己存在的境界：

在那宁静而幸福的情景中，

"爱慕"引着我们缓缓前进，

直到血液的循环和身体的呼吸

都好像静止下来，沉睡了，肉体

化成了活着的心灵，

"和谐"和"欣喜"的力量，

使我的眼睛沉静地观察世界，

洞悉万物的生机。

这是一段对诗人心理、感情过程的深刻的描写。他又描写了小孩和成人对自然的感觉的差异。小孩在自然中寻找他所喜爱的事物，而成人却是来到自然中医治他的创伤。这也是对生活在当时社会中人的精神状态的深刻描绘。华兹华斯认为大自然中的飞瀑、峻岭、密林，对于那像小鹿般奔跳在大自然中的孩子是一种拨动心弦的力量，他的童稚的心灵深深印上自然的美和壮观，感受到无比的快慰。但成人不会再在自然中找到这种令他眩晕的快感。他说对于一个成人自然像一部悲壮深刻的交响乐，这交响乐的主题就是人类悲壮的命运，这音乐的雄伟悲怆的旋律教育着人们。这里我们发现华兹华斯在写自然时，实际上是写诗人自己站在大自然中内心所思考的问题。他在思考人类的命运，认为人类要经历一番雄壮而又艰险的历程，因此人类的命运是一首悲壮的交响乐。像贝多芬在《命运交响曲》中一样，华兹华斯在描写自然时表达了19世纪浪漫主义史观，歌颂人类在斗争中所表现出的悲壮、雄伟、气魄和坚忍、果敢的精神。

华兹华斯还记载了他怎样与大自然精神交往，仿佛大海、落日、群山、密林、飞瀑都在与他密谈，它们在他的感官上留下深刻的印象，使他得到很多启发和鼓舞，对他的性格的成长有很大的作用。他说他和自然的交往是用"感觉的语言"（language of sense）。

华兹华斯这种在自然中的心理状态也许有些超出常人的范围。但凡是有一定审美能力的人在惊心动魄的自然风景（如黄山的云海、高峰和飞瀑）面前也都会有刹那的超凡出世之感。这种心旷神怡，叹为观止的感觉对我们只是一闪而过，而对诗人却成为富有深刻意义的美育。这差别正像听音乐或看画对每个人的作用不同，有人反应很强烈，有人略有所感，有的人无动于衷。这里存在着人们对美的敏感度的差异。

写自我剖析的自传诗

华兹华斯强调在诗中应当写感官的强烈感受，和这种感受所引起的思想、感情的起伏和心理状态。他以为诗应当用"感觉的语言来表达思想";强调写客观世界对人们主观的影响。华兹华斯是在英诗中最早用自我剖析(introspective)的手法写诗的。他的长诗《序曲》(又名:《一个诗人的思想的成长》)就是用这种新的手法写的自传体诗。他描写自己的内心世界、心理活动、精神的成长过程,开了写自传长诗之风。在他去世后一百多年美国诗人罗伯特·罗维尔又以他的自传长诗《生活素描》(*Life Studies*,1956)再一次掀起写自传诗的高潮。虽说罗维尔与华兹华斯的思想感情是完全两样的,但两个人都热衷于在诗中解剖自己的内心世界,剖析自己心灵深处的秘密。如果追源寻流,也许华兹华斯可以算是英诗中这种自我坦白、自我剖析式的自传诗的奠基人。

提出关于"想象力"的理论

华兹华斯提出关于创作的一条理论就是想象力的作用。他认为任何作家都必须能在外界的刺激停止消失的情况下,通过想象这"内在的眼睛"(inward-eye)在脑海中重新见到激动人心的鲜明景象。他认为在接触世界时,诗人的感官在高度的激动状态,这时不利于写作,而应当在事后,在静穆中回忆那些激动人心的情景,这时再开始创作。所以诗,这感情高度集中的文学作品的诞生过程是：激动—平静—再激动。第一个环节，也就是第一次激动的关键是作家的高度敏感。第二个环节，也就是平静的关键是要能冷静地看待现实，对现实保持一定的距离，退入宁静中，以便分析、考虑客观世界。第三个环节，也就是再激动的关键是要有丰富的想象力，能够将不直接存在于眼前的情景从记忆中召唤回来，栩栩如生。这种热—冷—热的创作步骤是保证作品生动和深刻的有效措施。

五、评价问题

总结前面所说，我认为华兹华斯的贡献包括下列几个方面：

他在诗中歌颂贫苦人民的高尚品质，为穷人鸣不平（见《序曲》第十二章，145—219行）；他十分厌恶浮华的上层生活。在一首《写于伦敦》的诗中他感叹都市上层人们只追求豪华生活，以致丧失了朴素的生活作风和高尚的思想。他说人们一心放纵于贪婪挥霍的生活，对自然与书本毫不感兴趣。虽然由于经济原因，华兹华斯晚年接受了"宫廷诗人"的职称，但他终生过着隐士生活。他在诗歌中塑造了许许多多的贫苦人形象，几乎可以说在他的诗中有一个专门描绘穷人的画廊。在这方面他的贡献绝不亚于布莱克，也许比雪莱还要大些。

在英诗的发展史上华兹华斯的诗歌理论和实践占有非常重要的地位。他大声疾呼要写普通人民，写农民，而且要用人民自己的语言来写。他把为贵族生活和上等人的词汇所窒息的英诗解放出来，使得诗有更广阔的天地，有更自然也更富生活气息的语言，他并且开创了自我剖析的自传诗体裁。他的诗绝大部分具有健康的情感。他追求自由、光明、快乐的纯洁生活。他歌颂百灵鸟所代表的无羁绊的生活，雏菊所代表的简朴、谦虚，飞瀑高山所代表的雄伟力量。

在革命的低潮时期，华兹华斯虽然失去他在青年时期追寻民主理想时所表现的热情，但仍然不改变他的道德标准，始终追求光明向上的生活，他曾对布谷鸟说：

> 虽然我看不见你，歌唱的布谷，
> 你仍然是我的希望、梦想和爱慕！

这使得他跟20世纪的西方颓废派不同。颓废派以虚无主义的态度否定对理想的追求，沉湎于心灵和肉体的崩溃，歌颂毁灭，赞美疯狂，追求不健康的刺激，将现实解释为一个疯狂没有理性的世界，准备与它同归于尽。华兹华斯晚年由于对法国大革命失望，又没有找到更进步的革命理想而转向消极。在他的晚年诗中，对人民生活的关心和丰富的社会内容相对地减少了，宗教色彩和唯心主义加深了。但他的消极是对社会不满的一种曲折的表现，而不是反动的。将他对英国诗的贡献和他的消极因素相比，前者仍是主流。因此，今天一切治学严谨，尊重英国文学发展的客观事实的著名文学史家都承认华兹华斯是英国19世纪文学浪漫主义运动的主要创始人和主要诗人，这一事实值得我们深思。这是因为华兹华斯对英国诗的发展有着重大的影响。又因为他的作品在思想上、艺术上都能够经得住时间的考验而长存下去。即便在他晚年的作品里，他也并没有抛弃他对于建立一个美好、自由、平等的人类社会的理想。当然，由于他死在1850年，《共产党宣言》诞生后两年，他是不可能找到建立一个理想世界的其他途径的。这种历史局限性不但表现在华兹华斯的身上，恐怕其他杰出的浪漫主义诗人也并未能跳出这种时代的局限吧。

*本文首次发表于《南京大学学报》，1981（4）。

诗歌与科学
——20世纪末重读雪莱《诗辩》的震动与困惑

　　20世纪末重读雪莱《诗辩》，既震动又困惑。震动的是雪莱在《诗辩》中对工业革命早期的西方物质文明的实质及其所诱发的社会及意识、心态等方面的问题概括得如此之精确、透彻，以至预言了后工业时代的诸种问题和它对人类的挑战。困惑的是这些问题的核心是贪婪、愚昧、动物欲望与崇高信念间的矛盾，因此，与人性深处有实质性的联系，以至至今没有答案，成为人类文化历史中尚无法解决的问题。

　　浪漫主义运动在英国诗歌史上的出现充分体现了传统人文主义的最后一次挣扎。它的光芒和它的悲剧本质都带有历史性的宿命色彩。它宣告了美好的古典时代乌托邦愿望的彻底幻灭，也宣告了工业物质文明统治下的现代主义时代的开始。雪莱的智慧和他的敏锐但早熟的激情使得他在后工业时代的今天看来很像一位神童。他令人想起华兹华斯的名言：儿童是成人的父亲；儿童是哲学家①。他的预言充满了神奇的准确性。但浸浴着他的思维的浪漫理想主义，在今天却是没有能被人乐观地保存着的。

当儿童成为预言家时，他必然是成人之父。

对于每个时代的思想家和诗人来讲，他们的天职似乎是为自己的时代寻找可以解除时代痛苦的良药。就华兹华斯、柯勒律治以及雪莱的情况而言，这良药就是浪漫主义的"想象力"，它的成分有柏拉图的理念、康德的先验主义及大量的带有非理性（不是反理性）色彩的人文主义。雪莱在《诗辩》中提出"想象力"作为对物质崇拜和金钱专政相对抗的解毒剂。在他的感受里19世纪上半期的英国文化和人民的心态可谓病入膏肓。人们醉心于利用新兴的科学占领财富，一味放纵钻营的才能，而忽视心灵的培养。②人们以机械的生产压制真正的创造性，而只有创造性才是真正的知识的源泉。③在《诗辩》中雪莱指控工业革命将人们引上贪财、自私、愚昧的道

① 华兹华斯：《不朽的兆象》。

② 雪莱在《诗辩》中多次将诗的想象力与钻营和积累物质的狭义理性功能对比，称后者为"长着猫头鹰翅膀的谋算本领"。

③ 雪莱：《诗辩》，第36节和其他节，见E.伯恩鲍姆编：《浪漫主义文选》，纽约，1948。

路。他渴望以"想象力"和诗来唤醒人们对心灵的关切，拯救人们于自私贪婪的自我泯灭中。①雪莱所谓的诗很多情况下是诗的功能。它能创造新的智慧，并且将其按照善和美的秩序系统化。②他认为当人们一味纵容自私和钻营的才能，贪婪地积累身外之物，人性就为之阻塞③；这时格外需要开拓诗的功能。雪莱说诗是神圣的④，它具有一种道德的威力，它能克服邪恶。诗人认为金钱是个人自私的化身，诗和金钱相对立有如上帝和拜金的玛猛（Mammon）对立。⑤诗人显然信仰自由、平等、博爱的信念，认为他的时代用机械的生产和超出内在道德所能控制的理性的分析活动破坏了上述的人文主义信念，使富者更富，贫者必须被夺去那仅有的一点生计。⑥

从17世纪到19世纪，西方文明在强大富裕的路上疾驰，价值观念经受强大的冲击，科技的惊人成就使得人文科学黯然失色。为积累财富所需的知识和理性活动成为文教界所重视的，而诗和想象力由于其无助于直接换取市场上的优势而受到忽视，前

---

① 雪莱：《诗辩》，第38节，988页。

② 同上书，第45节，989页。

③ 同上书，第35、36节，987页。

④ 同上书，第11、37、38节，979、987、988页。

⑤ 同上书，第35节，987页。

⑥ 同上书，第31节，986页。

者雪莱称为钻营的本领，诗人意识到物质的丰富并不必然促成文明自低向高发展。从现象上看，在富裕和文明之间有某种遗失的环节。从一者不能自然转换成另一者。人们曾有过乌托邦式的幻想，以为在物质极大地丰富后，人人都变得高尚，在大量的非生产时间只去钓鱼和听音乐。这种美好但充满自欺的梦呓在物质开始因工业革命丰富起来时，不得不清醒过来。一个国家贫穷是对人民犯罪，但富足并不意味着乐园的失而复得。从《诗辩》看来，那在富与高尚之间的遗失环节就是"想象力"和诗。只有当钻营的才能受到"想象力"这非理性的创造力所创造出的智慧制约和受到诗的功能的调节时，才能将富与德联系起来，这也就是玛猛（钱）受到上帝（诗）的控制之时。

但浪漫主义的以爱来医治人的创伤、以想象力来开拓人的崇高、以诗来滋润久旱的大地，只能是一个偏方。它提出的历史背景是当科技与商业携手对人进行专政时，传统的人文主义进行一次最后挣扎。随着高科技在20世纪的发展，罪恶也水涨船高。20世纪的风景虽然有惊人的宏伟的一面（如宇航、登月、原子能的威力等），但人间仍充满恐怖和痛苦。原子弹，艾滋病，民族仇恨的战火，森林的被破坏，海洋受污染，动物种类不断减少，臭氧层遭破坏，吸毒的蔓延，国际贩毒活动猖狂，黑手党暴力活动，灭绝种族的纳粹大屠杀与恐怖的夜间失踪，精神病院的黑暗，等等，说明19世纪之后，思想家们虽然上下求索却并没有找到联结物质丰富与崇高文明之间的环节。反而进一步证实了雪莱的忧郁的预言：身外之物的不断积累，如果没有内在的精神加以消化和控制，人性将受到阻塞。①从雪莱的预言中可以看出，当人类成为聪明的贪婪者时他也就成了最愚蠢的动物。因为他的人性已经在财富的放纵中泯灭了。因此，雪莱才对人的钻营的才能、理性的分析、没有心灵参加的逻辑活动（这些雪莱认为是科技的基础）如此警惕。他一再呼吁要将人的上述智能置于诗和想象力之下，以取得内在智慧与外在才能的平衡。②

雪莱医治人类创伤的另一剂良药就是"爱"。在《解放了的普罗米修斯》中，地下凶神德谟高更说爱这双有医疗功能的翅膀拥抱满目疮痍的世界③。朱庇特是专制的象征，他在得到普罗米修斯给他的智慧后成了天宇的统治者，却背弃了"让人类自由"的诺言④，从此，疾病、饥饿、伤痛各种灾难降临人

---

① 雪莱：《诗辩》，第31节，见E. 伯恩鲍姆编：《浪漫主义文选》，986页，纽约，1948。

② 同上书，第37、45节，987、989页。

③ 雪莱：《解放了的普罗米修斯》，第四幕第561行，第二幕第四场第45、46、47行，见E. 伯恩鲍姆编：《浪漫主义文选》，908、935页。

④ 同上。

间。阿细亚是爱的灵魂，她这样为"统治"下定义："不知信义、爱情、法律为何物／虽然万能，却众叛亲离，这就是统治"①。诗人将权力的强暴本质概括得如此透明、精确！权欲，这自私的坚实核心的组成部分，在很多情况下它是一种更具威信的通货，信奉爱、恕、平等、自由的浪漫主义诗人自然对之深恶痛绝。

对爱、恕的信赖使得雪莱的受重创的世界带有一种宗教的玫瑰色，与灰蓝色为主的现代主义"荒原"有感情、心态上的区别。西方精神从文艺复兴开始就沐浴在人文主义的玫瑰红色中，虽然在19世纪，人文主义的英雄色彩已经由人化了的神形、他的雄伟的躯体，如米开朗琪罗的雕塑与画像，回到神话中的诸神。至此人文主义取之于神的，又回归给神。用以雕塑辉煌人体的英雄色彩渐渐失去光辉，余下的是拜伦的曼弗雷德，在失去神性的辉煌后只剩下记忆的折磨和悔恨。②但甚至曼弗雷德的愤怒也没有能越过19世纪的门槛，于是在现代主义的"荒原"上只有一些灰色的不再愤怒的城市工业喧嚣中的小人物和伊丽莎白·毕夏普的"人蛾"！"二战"后甚至"人

---

① 雪莱：《解放了的普罗米修斯》。

② 拜伦：《曼弗雷德》，见E. 伯恩鲍姆编：《浪漫主义文选》，585—612页，纽约，1948。

蛾"那有自我存在意识的最后的冰冷的眼泪①也已蒸发。在后现代主义的碎片化的处理下，风景和人物都已成碎片，自然没有什么雷声预告天霖的到来！②

既然雪莱的浪漫主义理想的玫瑰色在后工业时代已经褪色，那么应当怎样看待他的作品？

人文主义的理想是人类的一个痛苦而又无法抛弃的梦。回顾整个人类历史，就像一部充满磨难的唐僧取经史。这本经就是找回人类自进入文明就失去的乐园。在文艺复兴和19世纪以前，人文主义曾被认为是这本经，但20世纪已经证实人文主义的自欺和虚幻。玛猛显然没有听从"爱"的忠告，朱庇特也用毒气室和精神病院唤醒了天真的乌托邦幻想者的好梦。但是对和平的追求，对人道的维护像火种样保存在人性的深处。诗人的良心并没有麻木，仍在为人类的灾难呼喊，所谓的"浪漫主义的忧郁"，甚至哈姆雷特的忧郁都没有死亡，因为只要诗人的良心存在，它就会与社会的邪恶，人类的愚昧相撞击而发出报警声。虽然各时代的"良心"并不完全相同。所谓"诗人的良心"实是一种类似雪莱所谓的"诗的功能"，它是一种在人

---

① 伊丽莎白·毕夏普：《人蛾》，见《美国当代诗选》，郑敏选并翻译，32页，长沙，湖南人民出版社，1987。

② 艾略特：《荒原》。

性中普遍存在的向上的、为了人类和地球的美好存在的愿望和良知，这智慧和品德在内涵上和传统的人文主义有一脉相承之处，但它又对传统人文主义的形而上中心论的哲学基础有所"擦抹"①，如果采取解构思维对传统的人文主义进行改造，使它走出以人为中心的宇宙观，走出静止、一元的旧思维方式，以解构和变为运动的常态，对任何结构都不求永恒，打破静止的两极对立的思维方式，而在不停的运动中不断更新，看出万物的文本间的关系，任"踪迹"②自由来去地进行创造。这岂不和浪漫主义的"想象力"有着血缘吗？然而它没有浪漫主义想象力所依据的柏拉图式的神圣的起源。诗人的良心或良知更具有像解构思维的"踪迹"那样无始无终，只是一种功能或一种能量的特点。它既解构也结构，既破坏也创造。它存在于每个人的本能中，只是由于思维某些先入为主的框架，使得它在一些人的身上被扼杀。它在敏感、真挚的诗人身上，和思想家、科学家、艺术家身上有时能得到保存和开拓。它不是仅仅聚集事实性的知识，更不是用以谋利的钻营本领，

---

① "擦抹"（to erase）是德里达用以解构传统玄学的手法，意思是擦去传统玄学的逻格斯中心论，但仍保存传统的一些踪迹。

② 德里达的踪迹（trace）是指一种无形而又来去自由的"能"，它渗透一切，自由嬉戏于万物，不受人们意志的控制。

在这一点上它和雪莱所谓的诗的功能的非知性[①]有相似之处。雪莱强调想象力能创造新的智慧，并依照善和美的秩序来组织它，这说明想象力是一种悟性的功能，与着重具体知识的积累的知性功能不同。在这一点上诗心（诗的良心）也是一种有道德含义的悟性。譬如，当一部分人为了发财而疯狂地破坏自然时，诗心使得一些人抗议滥杀野生动物，破坏原始森林，破坏臭氧层。愈来愈多的人走出以"人"为中心的狭隘、愚昧的宇宙观，认识到自然并不是为人而存在的，反之，人若要存在下去，要了解自然、保护自然。盲目破坏自然环境，最终是要受到自然的惩罚。在工业化的初期，人类兴奋于一些科技的发明而以为人类万能，自我膨胀，盲目崇拜科技，今天已看到雪莱所预言的后果，物质主义的贪婪造成想象力、人性、诗的功能萎缩。[②]使人类在愚蠢的谋财过程大量伤害了自然，今天我们已看到人和自然间的文本的关系，人的存在因自然受伤也面临危机。然而一些发展中国家仍然在重复着发达国家在19世纪与20世纪初盲目追求高科技致富的行为，这值得我们在反思中警惕。这也是雪莱的《诗辩》令我读时为之震动之处。今天在教

---

① 见《诗辩》中有关想象力与诗的功能的论述。

② 雪莱：《诗辩》，第35节。

育领域内，用来开拓想象力和诗的崇高信念的措施，与用于传授科技的投资相比较，前者所受的冷遇，不言而喻。在人、自然、科技与财富三者间的关系是由第三项来决定，还是由头两项来决定，关系到整个人类的命运。以雪莱的语言来表达，也就是诗和玛猛谁领导谁的问题。人类对自己道路的抉择是整个历史的主题。21世纪自然不应当重复19世纪或20世纪的错误。

从20世纪末回顾东西方文化的交流，我们会发现随着西方社会走向后工业时代，在西方思潮中发展了一条向东方文化寻找清热解毒的良药的潜流。在20世纪初范尼洛萨（Fenollosa）和庞德对中国文字及古典文学的兴趣可以看作对西方文化过分强调物质的一种反作用。这一支向东方文明寻找生机的学派虽然在20世纪以前已经开始，但在19世纪与20世纪发展成西方文化中一支颇有影响的亚文化，从道家、儒家、印度佛教近年在西方文化中的影响来讲，就可以看出西方思想家是如何希望将东方文化作为一种良药来疏浚西方文化血管中物质沉淀的阻塞。如1985年出版的F. 卡普拉（Fritjof Capra）著的《物理学中的道：关于现代物理学与东方神秘主义平行的探讨》在1992年又再版，1987年的《海德格尔与亚洲思想》（1987年，夏威夷大学）反映了海德格尔在联结东西方文化方面所起的作用。海德格尔和德里达是将语言看成文化的脉搏来对西方文化的实证进行诊断。海德格尔与日本学者Tezuka教授关于语言的对话①，就语言的无声、无限进行了说禅式的交流，德里达又结合了海德格尔和弗洛伊德关于语言的学说发展了"踪迹"的无形、无限说，使广义的"书写"成为具有想象力的来去无踪、恒变、歧异等特性的功能。20世纪后半期，西方结构主义与解构思维都以语言为突破口，对人类文化的各方面进行阐释，最后落实到两类思维模式，结构主义带着浓厚的崇尚科学的客观性的倾向，企图将文字、语言及文化的各个方面纳入脱离人性及主观想象力的活动而独立存在的结构符号系统的世界。解构思维则对这种崇尚逻辑分析并以此为中心的智性活动的垄断进行反抗。M. 福柯在《真理与权力》一文中说结构主义系统地从历史中排除一切不能纳入分析手法的"事态"（event），使得他成为一位极端反对结构主义者。②解构思维反对定型的僵化的系统和抽象，因此吸收了东方哲学的"道""无常道""无名天地始""常无观其妙""玄者无形"等强调"无"的思维，以疏浚西方崇尚物质及偏宠科技的实证倾向，以恢复西方

---

① 海德格尔：《一次关于语言的对话》，见《通向语言》，旧金山，1982。

② M.福柯：《真理与权力》，见保罗·雷波诺编：《福柯选读》，55—56页，纽约，1984。

文明在古希腊时期的创造性和弹性。这与雪莱所祈求的想象力的创造性和诗的崇高是异曲同工，都在于反对分析逻辑的垄断所引起的思维的僵化和创造力的衰退。海德格尔和德里达从后工业时代的文化高度呼应了雪莱在早期工业时期的期望。德里达和海德格尔对僵化的符号的反抗，对语言的活力、生命力的强调应当看作是对西方文化的挽救，以期它能跳出伪科学为它布下的罗网。

从18世纪以来，由于科技的突飞猛进，人们更重视分析的逻辑思维，而忽视想象力的海阔天空的创造性，实据的积累，资料的汇集成为治学的主要方向，理性的运用强调分析、知性和实证，而忽略悟性，虽然悟性是凌驾于事实之上的一种超越的穿透性。在哲学上自20世纪中叶英美的实用主义和逻辑压倒了欧洲大陆的康德、黑格尔。人们对科技的崇尚和对开发自然财富的强烈欲望使得科技和工业成为这个世纪的皇帝，而他的皇后则是商业主义。雪莱所热切宣传的诗的功能几成痴人说梦，而"诗人"在称雄世界的跨国企业家的眼里是个颇具讽刺意味的角色，因为他们的理想往往妨碍放手使用廉价劳力，而他们的产品——诗——又难以转换成经济效益。20世纪60年代嬉皮士诗人的代表作金斯伯格的《嚎叫》正是对这种处境的怒吼。这种扼杀想象力，驱使平民走向异化的倾向在华兹华斯和雪莱的时代仅只是开始。然而雪莱已经敏锐地预感到问题的危险，他看到问题的根源在于，人们在财富、权力和马基雅维利式的霸权精神的迷惑下，忘记了想象力、悟性是保持人类崇高精神和创造能力的一种天性。雪莱正如一位找到病因的医生，提出以浪漫主义关于"想象力"的理论来医治工业革命后欧美突发的功利主义，及它对人们心灵的窒息。他并不否认分析能力及逻辑思维带来科技的突破，但他坚信这一切必须置于诗的功能和想象力的悟性（非狭隘的理性）之下，才不会导致人性的异化。出于对博爱、正义、自由的信奉，他一度接受威廉·高德温的带有浓厚的无神论和个人自由主义色彩的共产思想。但最终雪莱找到更适合于自己的道路，那就是《诗辩》中所主张的以诗的功能和想象力来与分析性的功利主义和实用主义抗衡。

人类的智能从来就有两种主要倾向：分析的、重实的和综合的、重穿透和超越的。雪莱认为科技属于前者，而诗的想象为后者。这两种倾向的起伏、抗衡、结合、矛盾贯穿于人类的思想文化的发展史。想象力的集中表现为诗和哲学，分析力的集中表现为科技（与科学理论有别）；想象力的发展走向是超越物质世界，走向无拘束、无边无垠的精神世界，而分析活动的发展产生了人对征服自然的强烈欲望。它的各种对物质世界的惊人突破又反过来加强人类对自己的威力的不无夸张的信心。但必须看到每位称得上伟大的科学家都认识到想象力的崇高，出于道德意识，他必然将分析置于想象力之下，将科学贡献置于诗的要求之下。对类似原子弹及一切尖端的科学发明，伟大的科学家都有深刻的反思，将分析知性的创造交给想象力来裁夺。但目光短浅的科技崇拜者则往往迷醉于科技的突破所能带来的政治和经济上的利益，遗忘了人类的基本品质，飘飘然地将科技凌驾于诗的功能之上，在这样的过程中将人自己和人所赖以生存的自然都置于科技的奴仆的地位。由于18、19世纪科技的突破，生产的大规模工业化，科技与商业主义的携手，成了人类文明发展史中的重要转折点。人为机器而活的苗头，劳动者的贫穷化，人们受大规模生产的压抑心态等对理想主义的雪莱及其他浪漫主义诗人如华兹华斯是一次大的精神震动。柯勒律治为此向德国的超验哲学和美学寻找想象力的理论。雪莱说"人们公认想象力的活动是愉快的，但又认为理性的运用更有用"①。所谓"理性"指的是狭义的分析思维。换言之，功利之心使人放弃天性中高尚的想象功能。想象力、灵感和诗的功能是人性中自由来去的圣光；它像海波、沙痕来去无踪，但它是那使得文学、艺术、哲学"对受迫害、受欺骗的人

---

① 雪莱：《诗辩》，第30节。

主持正义，它们值得人类感恩"①，它们的思想和艺术品"使得多少男人、女人、孩童免于作为异端受到焚刑"②，"人类的思想若非由于这类振奋的干预也不可能有伟大的科学发明和将分析思维应用于社会的诸种谬误现象"③，但现在这类分析活动"正试图压倒创造发明的功能（指想象力——作者注）的直接表述"④。总之，人们的功利之心使他们忘乎所以，反末为本，忘记了一切科学发明原本来自想象力的创造性，舍弃了矿源还有什么金子可采呢？一切真知，雪莱说，只能来自想象力的创造综合，而非分析性的。想象力能突破理性分析所积累的物质数据的阻塞，进行创造性的阐释和综合达到新的领悟高度。总之，雪莱将想象力列为综合功能，和依照善和美的秩序组织知识的天赋。这里出现了一个平凡的科学工作者和一个伟大的科学家的分别。雪莱说人类并不缺少通过分析而积累的伦理、政治经济的科学知识，但却缺少通过想象力所达到的独特的智慧，及"将它们用来实践产品的公平分配"。因为"那内在于这些思想体系的'诗'被物质的聚积及计算的过程所淹

① 雪莱：《诗辩》，第34节。
② 同上。
③ 同上。
④ 同上。

没"①。总之，这类关于实物的过多的积累的所谓"知识"，由于它们只是来自知性的分析活动，有时候其狭隘性，甚至谬误，以伪科学的和统计数据的姿态专断地阻塞想象力的活动空间，而以貌似有理来引导人们走向错误的判断。由于对数据的绝对信任阻塞了想象力的活动有时还为人类带来一些灾难。雪莱明确地表示想象（包括伦理道德的）如果不能指导科学则"这些科学的开发扩大了人类对外界的统治，却由于缺乏诗的功能，相应压缩了人的内心世界，而人在役使了自然的各种元素之后自己也成为一名奴隶"②。这句话对于经历过原子弹的20世纪真是一句令人震惊的神奇的预言。他又说"机械工艺的发展与真知源泉的创造性功能间的比例失调，导致滥用各种发明组织劳动力，以致引起人类的不平等"③，"就是这个原因使得原本应当减轻亚当的罪过的东西反而加重了他的负担"④。总之，当科学挣脱了诗时，人性的异化、人间的不公正和灾难都将像瘟疫样传播开来，虽然其在各时代的形式可以不同。自然也因此受到破坏。M. 福柯在批判19世纪科学的"实

① 雪莱：《诗辩》，第35节。

② 同上。

③ 同上。

④ 同上。

证主义"（positivism）时说，它使得人们"为忠于老式实证主义付出代价，这就是对科学所引起的一系列问题极端的麻木"①。

雪莱大声诅咒贪财。他说钱是个体自私的"化身"。诗与它势不两立，有如上帝与钱魔玛猛。今天当人们深恶贫穷，竭力追求高消费的现代生活时，雪莱对金钱的厌恶似乎不合时宜。但他所指的是拜金主义，也就是完全脱离了诗和代表正义、道德的想象力而对财富盲目追求。因此，雪莱在工业革命初期预言拜金主义对人类心灵的腐蚀，和人类文化因此可能遭遇危机，证明诗人是伟大的预言家。他的预言今天也仍未失去时效。雪莱在他的时代看到贪婪自私使富者更富贫者更贫，今天甚至在发达的国家中也仍有贫民窟、吸毒、暴力、黑社会。这说明富强和高科技并不能使人类自然地进入和平、幸福的文明时代。繁荣的股市可以成为所谓的泡沫经济乐园，高科技在失控的情形下也能形成社会和自然的灾难。科技的两面性在今天的发达国家已被认识到。在发展中国家由于急于摆脱贫困，对于工业污染及后工业时代的种种精神危机尚缺乏认识。雪莱所谓的"诗"实在是一种有浓厚的道德敏感的智慧，所以是用来抗衡人性中邪恶部分的功能。诗人是联系人类与宇宙的使

①　M. 福柯：《真理与权力》，见保罗·雷波诺编：《福柯选读》，53页，纽约，1984。

者，诗"像是具有穿透性的一种比人更神圣的性质"。但诗和灵感被认为像海上的风所引起的微波和沙漠上的痕迹，只有具有最纤细的敏感神经和博大的想象力才能感受到。而它所产生的思维能与任何邪恶欲望抗争。诗和想象力都是人文主义崇高思想的凝聚，无疑带有浓厚的理想主义色彩。自20世纪以来科技占据了人类最大的注意，这种理想主义受到深刻的怀疑。西方文化正徘徊于寻找理想和现实的联结环节。在工业的高潮和商业主义的冲击下，人文科学急剧地失去地位。想象力在玛猛的爪牙下，人的心灵被市场价值压抑得失去对想象空间的追求的愿望。科技对人类的祸福仍是一个令人困惑的课题。雪莱的警告和预言使我们联想到在凯撒被刺的早上他与算命人的一次对话：

凯撒："三月十五日已经来到。"

算命人："啊凯撒，它还没有过去！"①

*本文首次发表于《外国文学评论》，1993（1）。

---

① 凯撒遇刺前，算命人曾警告他说，3月15日将是个不吉利的日子。到了这一天的早上，凯撒坚持出席会议，以为凶日虽到，一切如常。但算命人回答说，这一天还没有过完。果然，凯撒不久即遇刺。见莎剧《裘力斯·凯撒》第三幕第一场。

天外的召唤和深渊的探险

　　狮子在铁笼里只能不耐烦地旋转，大鹰只能将自己的长翅扑打在铁丝网上。生命的野性冲击着束缚，然而它们没有办法，它们不能读诗，不能写诗，因此听不见笼外的召唤。人在痛苦时却能从诗中寻找到自由，这就是天外的（笼外的？）召唤，这使我们比动物更能听见自由的声音和感到它的气流。

　　40多年前，当我第一次读到里尔克给青年诗人的信时，我就常常在苦恼时听到召唤。以后经过很多次的文化冲击，他仍然是我心灵接近的一位诗人。

　　每个时代都有自己的偏爱和自己的禁忌。20世纪50年代后，西方思潮发生了大的变动。神经质的惶惑和怀疑成了这个时期的流行色；而虔诚的追求和执着的信念却又成了人们对之过敏的心态。这是因为两次世界大战，加上科学在前进中的新发现，带给人们许多新课题，人们不再能依靠传统的人文主义理想来解答问题，从20世纪60年代到80年代，传统西方哲学、宗教渐渐失去活力，几乎被视为化石。西方文明的明天在哪里？这已经成为学者、艺术家、诗人所不能回避的问题。人们一方面接受具有强大破坏力的新思潮的洗礼；另一方面痛苦地感到信仰危机。那些在世纪初曾维系着人们心灵的艺术和诗歌，今天很多被认为是博物馆的陈列品，受到尊重和冷遇。有些荷兰的青年学者告诉我梵高不再是青年人最喜爱的画家了，瑞典某知名中年诗人表示对里尔克反应冷淡，而不少西方音乐爱好者对贝多芬尊敬而不那么发狂地喜爱。

　　但是里尔克，由于他涉及人们心灵深处一些不全被理解的区域，他还是今天一些美国诗人所喜欢的诗人。对于我来讲，当物质和商业的庞大泥石流向我和我的周围压来，想填塞我们心灵的整个空间，我需要保持自己内心岛屿的常绿，这需要大量的氧气和带有灵气的诗歌的潮润。这时我深深感到里尔克的诗能给我这样心灵的潮润。从他的诗中我了解到他并不是一位遁世者，不是一位天真的美感的追求者。他强烈地感受着人类性灵在20世纪初受到的冲击。当他所谓的"金钱的繁殖力"使他的精神世界受到压力，人生的一些场景变成庸俗的噪闹的游艺场，他的丰富的想象能将他带入一个无人的星空，那里只有已沉睡的逝者。里尔克在《杜依诺哀歌》的第一首是这样写人们内心空间与宇宙空间的结合的：

> 你还不知道吗？
>
> 将你怀里的空虚
>
> 抛入我们呼吸着的空间，
>
> 或许鸟儿们
>
> 将用更热烈的飞翔感觉着那扩展了的天空。

十年后（1922），诗人终于完成了《哀歌》的第十首，这时诗
人将生命的圆周的完成比作将凡人高举入星空的壮景：

> ……默默地
>
> 将那凡人的脸
>
> 举向星空，永远。

这是诗人将人们内心的寂寞、孤独，上升到宇宙的恢宏的空间
的愿望，这一愿望对于游艺室内的游人也许是没有意义的，但
一些和诗人怀着同等渴望的人们，却珍惜这一想象。1985年到
1986年我曾辗转在美国的两岸之间，每次在旅途上我都阅读一
些里尔克的诗，吸取一些心灵的潮润，觉得能因此有力量超

出物质的喧嚣，从更高的起点认识美国这庞大、充满活力但又产生对心灵压抑的文明。里尔克的诗集和研究在20世纪80年代的美国受到诗歌和理论界的重视，也许正因为他能将人们带入一个不受生活摆布的星空吧。他的罗丹式的早期现代主义中闪烁着没有熄灭的人类对灵性之美的追求和敢于承受失望的信念，以及在痛苦中存在的虔诚。在《致奥菲亚斯十四行》诗组第十一首中他写到那座有骑者形象的星座，称它为地球的伴侣，它和地球相克相生。但在诗的结尾，诗人忽然问道：真有这样一位骑者在星空吗？这怀疑很快就被一种不畏惧怀疑的虔诚信念所代替，诗人说："星座的形象也许骗人／但在片刻间它使我们愿意／相信它的形象，这就够了。"20世纪是一个怀疑四起的时代，能保持信念的人，正是那些敢于面向怀疑的勇士，里尔克和罗丹所代表的早期现代主义是这种勇敢的艺术。我深深珍惜这种透过无法避免的怀疑的迷雾的亮光，心灵的亮光。

里尔克的诗传给我星空外的召唤。另一种诗又引导我去寻找人类深渊中潜存的力量。第二次世界大战后，诗的开发一方面走向光怪陆离的现实，包容了那些以往不能入诗的反"诗美"的素材；另一方面又向人们意识深层开拓，超出了伍尔芙的小说和艾略特《荒原》中的下意识，探索着像黑洞一样存在于人们心灵中的"无意识"。神秘的无意识，没有人能进入它，但又没有人能逃避它的辐射，因为今天语言学已经明确这心灵中的黑洞是语言结构的发源地。19世纪的浪漫主义理论家柯勒律治告诉人们想象力包括来自先验和作家心灵两方面，而今天的语言学家却指出语言结构的第三空间，这就是无意识。这种走向无意识的语言结构的理论动向被称为"语言转折"（linguistic turn）。它促使诗人及其他作家在20世纪60年代后进入了无意识的开拓时代。作家纷纷将他的敏感的触须调向这个心灵黑洞，它时时爆发它的黑子，它是人们心灵中的黑太阳，包含着极大的原始能量，诗人们试验着在诗里捕捉它的辐射，揭开尚未开发的人的深层意识。罗伯特·布莱在他的诗选集中写道："我想使《黑衣人转身》这部诗集中的诗从我们下面的黑暗处升出，就好像古时北方的诺斯民族用牛头作鱼饵，在大洋里捕鱼。"他又说："意识到有一条巨大的鱼生活在那海洋的暗处，令我们获得某种宁静的心情……"正是这种在无意识的黑暗的深处捕获诗的努力使得20世纪50年代后的新诗疆域得到新的开拓。布莱写了不少这类含蕴着深层意识的光彩的诗。他和许多当代欧洲和美国诗人的努力给我很大的启发，我想我们的民族和个人不知有多少丰富的经历都还被埋在那深深的无意识中，如果我们能打开栅门，让它浮现出来，我们的作品一定会获得以往不曾有过的新的能量，从1985年以后我极力摆脱内部和外部的许多暗栅，希望像诺斯的渔民那样，从深深的黑色的海底，捕捉到我自己和历史的映象。

1989年4月

*本文首次发表于《世界文学》，1989（4）。

附：不可竭尽的魅力

——谈里尔克《圣母哀悼基督》

圣母哀悼基督

（奥地利）里尔克

现在我的悲伤达到顶峰

充满我的整个生命，无法倾诉

我凝视，木然如石

僵硬直穿我的内心

虽然我已变成岩石，却仍记得

你怎样成长

长成高高健壮的少年

你的影子在分开时遮盖了我

这悲痛太深沉

我的心无法理解，承担

现在你躺在我的膝上
现在我再也不能
用生命带给你生命。

（郑敏译）

有人嘱我举出一首对我影响最大的诗。这很困难。在我长达半个世纪的写诗和研究诗中，我经过不同的阶段。但下面的三位诗人也许是我最常想到的：约翰·顿、华兹华斯和里尔克。他们吸引我的共同点是深沉的思索和超越的玄远，二者构成他们的最大限度的诗的空间和情感的张力。因为篇幅关系这里只译里尔克的一首短诗《圣母哀悼基督》，这是关于玛丽亚注视从十字架上取下的耶稣，躺在她的膝上的身体时所想的。

米开朗琪罗有一尊雕塑，就是关于这一题材。那失去生命的，带有伤痕的尸体似乎尚未完全僵直，瘫在圣母的膝上。里尔克很可能受到这件不朽的作品的启发，他用诗说出在塑像中无声的语言：圣母的悲痛。她的回忆是一个普通母亲的印在血肉上的记忆。这是最感人之处。耶稣此刻只在她的肉体和心灵处唤起对一个儿子的记忆。她曾经看他长大长高，如今又回到她的怀抱，却丧失了生命，而她无能再用痛苦而欢乐的生育带给他另一个生命。这是只有一个母亲才能体会到的绝望。诗的正面是一个普通的母亲真挚而朴素的悲痛，但由于它的伟大无边，才能只像一个单纯的母亲样收容那被迫害的伟大的耶稣。诗所突出的是回归到母亲怀里的被世界遗弃的儿子，而耶稣的不朽反衬了母爱的伟大。

短短的诗行，简单的语言，却捕捉到一个说不清的复杂，这里是不可竭尽的艺术魅力，只有反复阅读，才能感受到它的震撼。我所喜爱的三位诗人都给我们留下很多永远也读不透的诗。

1992年11月15日

*本文首次发表于《诗季》，1993（秋）；亦发表于《人民文学》，1998（7）。

威廉斯与诗歌后现代主义

一

　　威廉·卡洛斯·威廉斯逝世于1963年3月。在他79年的生命中，除了曾为一百多万病人治病，接生了两千个婴儿之外，他还成为当代美国最多产的作家之一。他为美国文学宝库留下了46本各种体裁的著作：诗歌、散文、戏剧、小说、评论以及至今无法归类的文学作品。其中以诗歌影响最大。他是英语文学中最早尝试诗文混合的即兴体和变易诗步的当代诗人。所谓"变易诗步"，打破了以音节计算的音步格律。而是以长短不一的意群为依据的诗步（或称"顿"）。威廉斯认为每行以三顿组成，效果最好。作为一位与庞德、马丽安·摩尔、H. D.、艾略特同时代的美国诗人，威廉斯所面临的诗歌挑战是异常艰巨的。但他终于证明了自己的独特才能和非凡的创造性，成为"二战"后最有影响的当代美国诗人。使美国新诗步出庞德—艾略特时代，进入庞德—威廉斯这一后现代主义的阶段。

威廉斯的父亲是来自英国的移民，母亲是波多黎各的荷兰、西班牙混血儿。威廉斯作为"第二代美国人"的心态对他的创作有很大的影响。他强烈地要使新大陆的文学脱离旧大陆的母乳，成熟起来。他在1902年入宾夕法尼亚大学医学院学习。在青年时代他结识了庞德、H.D.、马丽安·摩尔及一些现代派画家，曾经热爱济慈的诗、立体主义绘画和现代音乐。虽然他对旧大陆的文化有浓厚的喜爱，但他志在革新，竭力想切断美国文学依赖旧世界文学的脐带，在强调美国文学的地方特色、人民特色方面与当时赴欧洲和英国充实自己的庞德、艾略特有很大的区别，甚至形成与他们间心理的鸿沟。为了表达美国土地和人民的特点他继承了恩默森的超越，惠特曼的博大自由，并且使这些传统色彩融于20世纪美国文化的庞杂、务实、精力充沛、感情激动的特有精神中。他在这方面最突出的富有独创性的作品就是《柏特森》。这是一部他竭尽毕生年月和智慧，孜孜不懈所写成的五卷长诗，临终他还在撰写第六卷。这部长诗既是美国文化的长卷，也是诗人自己的成长史。从风格上彻底打破诗与文的界限；诗美与诗丑，结构与反结构，人与地，超越与世俗的界限，糅不调和的因素于一体之中，充分体现了诗人在诗歌创作上追求充分自由，随心所欲，不停地创新的愿望。

威廉斯的医生职业使得他大量接触社会各阶层，特别是贫穷、老弱的病人，他长期奔波于新生与死亡之间，和生死这两个生命极端的频繁接触使得他性格、感情比常人激烈，神经敏锐异常，他因此痛苦、激动、抑郁、高昂，在晚年瘫痪使他经常思考死亡，在和死亡较量中，他写下达到超越境界的长诗《日光兰，这绿色的花朵》。威廉斯的一生有如一张绷得很紧的弓，经常遭受生命的高强度的张拉，几度经受精神危机，但他用他所信赖的诗的想象力调理自己的内心，他在痛苦中决定"……生活不会给我什么，除了工作"（1935年3月致摩尔信），并说："我没有什么特殊的心愿，除了修补，抢救，完成……"他一生确实以这种近乎宗教的献身精神行医、写诗和关心美国文明。威伯斯特·舒特在他所编的《威廉斯的想象文集》序言中说，"医业点燃了和养育了这位诗人，而艺术教育了这位医生"。他引诗人自己的话说："我的一生多半生活在地狱里，一个充满压抑的地狱，偶尔为灵感的闪光所照亮，这时一首这样或那样的诗就会出现。""将人作为艺术的内容，使得他在我的面前活了过来。"（见舒序）舒特说，我们需要读很多威廉斯的作品才能理解这位医生是如何寻求他的诗艺，仔细检验他的创新，这位艺术家又是如何体验人生，忍受它所带来的痛苦；或者这位诗歌的异教徒如何论证他的异端罪行及预言未来。舒特这样来概括威廉斯的复杂性是十分精辟的。他成长于现代主义走向鼎盛的20世纪初，却为英美诗歌开拓了后现代主义的途径，他对光辉日减的西方人文主义，并不因其黄金时代已去而惆怅惋惜，或像艾略特在《荒原》中那样祈求它起死回生，却以一种走出地狱，另寻人间的精神来想象人类的未来，他说"诗人要永远站在船头上"（见舒序），在他的手里的不是依靠奥菲亚斯的七弦竖琴，而是他所深信能将他引出地狱，驱赶梦魇的想象力。

威廉斯的超前艺术观和所拥抱的庞杂题材，以及激烈的气质为他带来不少诗友的指责和误解，但他从不动摇地进行着试验，终于在死后获得普列策奖和美国国家文艺机构的诗歌金质奖章。最重要的是在20世纪50年代后他的声誉与日俱增，现在仍然启发着当代诗人和研究者去继续理解他的重要性，在中国对他的研究更是刚刚开始，甚至还说不上正式开始，诗歌界对他的情况除了读过几首短诗之外，所知甚少，这里有大量的介绍和研究工作需要我们去做。

二

　　美国在20世纪初出现了三个诗歌及理论界的怪杰：庞德，艾略特及威廉·卡洛斯·威廉斯。其中在诗歌理论上为20世纪诗歌，包括现代主义及后现代主义，奠定了理论基础的是庞德。仅以《阅读ABC》一书来谈，从中就可以找到20世纪诗歌的现代主义与后现代主义理论的胚芽。在他的理论与文学活动及创作实践的影响下美国出现了两位有世界影响的大诗人，就是艾略特与威廉斯。有趣的是，他们虽是孪生，却是两个长相全异的兄弟，而且各领20世纪诗坛风骚50年。在20世纪50年代以前是庞德—艾略特时代，而在50年代以后，美国新诗就进入了庞德—威廉斯时代。这个有趣的现象只能从美国现代主义诗歌在第二次世界大战后，随着西方文艺思潮的发展，也逐渐进入后现代主义这个事实来理解。艾略特与威廉斯虽然都是在20世纪初投入诗歌创作，但威廉斯的诗歌理论和诗歌创作更具有超前的特色，他的诗歌理论在20世纪初至20世纪40年代都还不被多数诗人和理论家所理解，而艾略特的现代主义对于那个时代正是瓜熟蒂落，摆在诗歌欣赏和评论界的面前，有着恰到好处的新奇，因为它恰恰符合当时诗歌界要求走出浪漫主义及感伤主义的求变心理及对新诗学的向往，因此很快就为整个西方文学界所接受，并被认为是现代主义在诗歌方面的里程碑。但是在20世纪50年代以后西方文史哲思潮发生了重大转变，从强调结构到强调拆解结构，从一个中心或数个中心的思维心态到无中心论，从传统的逻辑中心体系到反逻辑中心，从承认先验存在的本体论到否认先验存在，从崇尚客观外在到强调主观世界的重要，从强调真理客观标准到强调现象和怀疑真理标准，从尊重传统到反叛传统。在这种思潮的影响下，人们发现了威廉斯。这里因为只谈威廉斯的诗歌及诗学特点，就不进行他和艾略特的对比，但在理解威廉斯和第二次世界大战后美国诗歌的发展时，经常将威廉斯与艾略特对比是可以大大增加理解的深度的。

艾略特的创新的努力是将西方诗歌传统现代化，使它经过诗人个人天才的创造再现在现代诗歌中，这就是他毕生的目标：以个人天才改造传统，又以传统来丰富个人的创作。但他的所谓历史感和传统观都是一个中心的思想体系，那就是欧洲文化中心观，和超越矛盾追求先验的和谐。因此，在第二次世界大战后当超验论受到存在主义和现象学的冲击时，当欧洲中心论受到世界各民族的文化崛起（包括美国的文化自觉意识）的冲击时，艾略特的欧洲文化中心论和现代超验论就受到怀疑，他的诗学虽然很有创新，但终显得封闭。这时和艾略特诗歌配套的新批评论已经占领了大学的文学讲坛，但战后的人们要求更广泛地关心文化圈子以外的人民的生活和思想感情，及增强文学评论的历史、文化感，这些都造成艾略特所代表的诗歌类型和评论的逐渐转弱和威廉斯型诗歌及理论的上升。

三

威廉斯在对待传统的态度上的超前意义在于打破以艾略特为代表的欧洲文化中心论的传统。直至20世纪初西方文化一直以古希腊、古罗马及现代的德、英、法文史观为正宗传统。北美的美国虽说政治上当时已独立一百多年了，但在文学艺术上一直保持着其对英、法文化的附庸身份。虽然在19世纪惠特曼曾从诗歌形式与内容上冲击了传统英语诗歌，但从思维体系上，他并没有跳出欧洲的超验哲学的一元思想。因此威廉斯在肯定惠特曼挣脱传统诗歌形式的束缚的同时又说："但，惠特曼是一个贬义的浪漫主义者，在很多方面他是他那个时代的顶峰，但他的时代已经过去了，我们已超过那个时代。"①

是的，从物质文明的发展来看，20世纪初的美国已超过了

---

① 威廉·卡洛斯·威廉斯：《逆着气候》，《论文选》，218页。

欧洲，但从精神文明的发展来看，那时的欧洲文化界传统力量也还在力求保持自己的领地。美国不少诗人如庞德、艾略特、H. D. 等也都纷纷到英国及欧洲大陆去吸收文化，当然他们也都是抱着吸收传统以利创新的目的，因此成为意象派这个现代主义宠儿的缔造者。就以崇尚欧洲文化中心论的艾略特论，他在他的名篇《传统与个人才能》中也反复强调传统必然因现代作品而改变，而现代化；但他所谓的传统实则只指欧洲的文化传统，他是想让欧洲的"昨天"能在"今天"里得到延续，又将"今天"的文学纳入欧洲"昨天"所铺设的轨道；至于20世纪美国的"今天"，并没有得到他的重视。这种保守的传统观大大惹怒了威廉斯。当威廉斯正在写《柯拉在地狱》时，他读到艾略特的《普洛弗洛克情歌》，强烈地感到艾略特出卖了他所信仰的文学理想（见《想象》新方向版，第4页）。他的信仰是：应当建立美国式的新诗的新传统。他认为艾略特是向后看，而他自己是向前看的。威廉斯认为"只有新的才是好的"，而新意味着非传统的，他又说："我们的获奖诗（指《普洛弗洛克情歌》之类——作者注）应当不是由于技巧蹩脚而受指责，而是因为它们是回锅货，自觉、不自觉地以别的方法重复维尔伦、波特莱尔、梅特林克……"（《论文选》，第31页）。艾略特对法国象征主义诗歌的"回锅"在这里受到指责。在威廉斯看来，舍去美国的活的今天不写，而去回锅欧洲传统是不可能写出好诗的，自然不会是"新"的诗，虽然他对艾略特的才华和博学表示了个人的钦佩。因此，威廉斯的信念中的反欧洲中心论和反回锅欧洲诗传统，在20世纪前半期是具有超前意识的。应当说威廉斯是自觉的美国诗歌传统的首创者，当然我们也应看到惠特曼在诗歌形式和内容的创新为威廉斯的诗歌革新创造了条件。但惠特曼并没有像威廉斯那样自觉地、坚决地要创立一个完全摆脱欧洲传统的美国自己的新诗传统。庞德虽然对现代主义、后现代主义美国诗提供了理论，他又没有认为欧洲诗歌传统的普遍性应当直接运用到美国的生活内容与美国式英语上，以建立和发展美国自己的诗歌传统。他甚至认为威廉斯并不如他理解美国，对威廉斯的努力颇有不敬之意。

第二次世界大战后流行欧美的新思潮，特别是后结构主义，帮助人们重新认识威廉斯。最有反讽意味的是在威廉斯逝世（1963年3月4日）后几天，英国出版界宣布要出版终生反对英国诗歌传统束缚的威廉斯的诗，同年5月，已故的威廉斯被授予普列策奖和美国国家文艺的金质奖。同年出版了《威廉斯诗选》扩大本和长诗《柏特森》的普及本。从此开始了所谓庞德—威廉斯时代。他对70年代、80年代的美国两代新诗起着广泛而深刻的影响，在今天的美国诗坛几乎没有诗人不以被认为是庞德—威廉斯流派为荣。威廉斯与艾略特之间的论战事实上是美国新诗传统的争取独立的诗歌运动，同时也是反映在美国诗歌方面的后现代主义与现代主义的论战。简单地说，这两个"主义"的不同点如下：

现代主义	后现代主义
1. 承认超验的本体论，希望通过矛盾斗争达到宗教的、哲学的最后和谐。	1. 反对超验本体论。
2. 真理一元，有标准。	2. 真理多元，或无结论。
3. 强调预先设计，控制，有最终目标的发展创作也是这样。	3. 认为变是一切，不可能预先设计，事物生生灭灭，永不停止，应当抓住此时此刻此地的现实生活，给予表达。
4. 认为作家要能自觉地将杂乱的生活现象组织成一个有机的整体，并道出其中的意义。	4. 创作不必寻求杂乱现象的统一，更不必将其结构成有机的整体以传达什么固定的意义。
5. 创作不是自发的、即席的。	5. 强调创作要追随多变的想象力的流动，没有预定设想，可以自发地随机创作。
6. 文字为表达的工具，文学有表现的功能，不怀疑表达会失真。	6. 对文字、文学是否能如实地表达作者的意图，持怀疑或否定的观点。
7. 重视事物（包括诗歌）的普遍性、世界性。	7. 重视事物（包括诗歌）的特殊性、地域性。
8. 强调封闭式诗歌形式。	8. 强调开放式诗歌形式。

以上的区别，似乎抽象，但实际上是构成艾略特与威廉斯的不

同诗歌体系的基础，在他们的论文与作品中都有具体的体现。

威廉斯的名言"没有意念，除非在事物中"是今天西方诗歌界人人皆知的。最普通的理解就是威廉斯强调"意"必须寓于"形"；"抽象"必寓于"具体"；"理性"必寓于"感性"。但若从更高的本体论的层次来理解，威廉斯是不承认意念的超验的存在的，因此摆脱了艾略特所仍然遵循的西方自柏拉图以来的理念超验论，也即逻辑（或"道"）中心论。所以威廉斯在对世界的认识上超过了庞德和艾略特，也超过了庞德关于智性与感性在意象中结合，和艾略特想让思想拥有玫瑰香味的感性魅力的美学思想，在艾略特的美学中智性（思想）显然能脱离感性而独立存在。这说明他的信念没有突破西方形而上学的束缚，而威廉斯则进入了反形而上学的后现代主义，后结构主义阶段。在他的创作中人们找不到一个中心，即道、逻辑、理念中心的倾向，这使得他的诗在结构上和艾略特的以逻辑理念为钢筋架，外加美丽的感性躯体的诗歌结构大不相同。1923年威廉斯发表了一首八行小诗，虽然它包含着20世纪后半期美国后现代主义诗歌的许多孢子，但并没有引起注意。因为当时西方诗歌界正以极大的兴趣阅读《普洛弗洛克情歌》和《荒原》。这首短诗是《红色手推车》，从下面的译文可以看出这首短诗所拥有的超前特点：

这么多的事物都依赖

于

那一辆红色轮子的

推车

它湿漉漉的沾满雨

水

站在一群

白色的小鸡旁边

这首诗具有威廉斯所强调的下列一些诗的美学特点：1. 意念全在物中。2. 文字被拆散还原以增加内涵。3. 不遵照因果关系这一条自亚里士多德以来就确立了的西方逻辑概念。

这首诗有着威廉斯所强调的直接性。就是不将文字看成一种表达的工具或媒介，而引起表达的隔膜或歪曲，直接性就是透明、即时，因此能捕捉对象的最直接的即时的状态。这首诗打破叙述中的因果关系，而是从天而降，也可以说是从事态的中途揳入，造成打乱始末秩序，给人无头无尾的突然感，第一节："这么多的事物都依赖／于"显然让读者意识到在诗人提笔以前他已经观察和思考对象良久，这样就在空间和时间上将诗的上线推向它诞生之前，大大地增加了诗的内涵。诗变成有形的是在诗人顿悟时，他悟到手推车虽平凡，却是不可少的。也就是宇宙间事物不论大小、重要不重要，都是相互依存的，许多事物依赖于手推车，而手推车又紧傍一群小鸡，有的评论家认为这首诗颇具禅意，但很少有批评家直接解释其意义，甚至认为是不可言传的。上面的说法只是本人的理解，并非定论，但有一点是明确的，就是诗是从中途写起的，诗人在此以前想些什么则像是消逝在云雾中，只知曾有思想存在，却不知是什么。这种打破传统逻辑思维的写法也许能在美国后现代主义、后结构主义学者 J. 希勒斯·米勒的评论中找到答案。

J. 希勒斯·米勒说威廉斯反对传统因果关系的思维模式。因果关系的逻辑思维必然会"或者意味着是为事物寻找某些超验存在的依据，或者意味着将自然看成因果的长链，每一因素推着另一因素，以至无穷"（见《现实的诗人》中威廉·卡洛斯·威廉斯篇），这种因果关系是西方传统哲学的支柱，"这两种因果逻辑在威廉斯的作品中全找不到"（同上书），而且在威廉斯的诗中"所有的东西在一个范围内同时存在，虽然它们彼此交互作用，但并不存在因果关系"（同上书），在《红色手推车》中正是这样，大小、远近、有形无形、平庸的重要的都同时存在，交互作用，但非因果链条中先后关系，因此不被固定在一点，也没有中心，而是组成无限的中心。这样看宇宙万物，自然就跳出传统的一个中心，即逻辑或道的形而上学模式。用以代之的是万物在不断运动中不断创造又不断消解的无限多中心论。这正是20世纪五六十年代以后流行的后结构主义的无限多中心论或无中心论。

对诗的语言威廉斯的看法也与传统的形而上学观点不同，传统看法认为语言文字是工具或媒介，诗人用它掌握事物，以消除主客观之间的距离。通过字，诗人将自己的意志加于事物，给予命名，因而将其转变成主观认识中的一部分，这种通过文字的代表作用，将客观主观化的观点自然是形而上学的思维模式。威廉斯则认为主观认识世界不靠用现存的语言文字来强加于客观，作为客观的伪制品；而是通过感官直接与世界联系，他说，"我觉得和树木石头一样是万物的一部分"，也就是说在形成文字以前主观就已经与客观成一体了。文字在不断的使用中发生了异化，威廉斯常想将它净化，像女诗人马丽安·摩尔所做的那样，以恢复文字的生命力和丰富的内涵，他在《春天及其他》文论中说，"由于懒惰或生存模式的改变，使得文字变得空洞了"，但在写作时文字是根本的因素。在诗中诗人是用字来表达他的感受，因此，不将文字的活的生命力还给它，而受已经过时的甚至死了的文字语言的束缚是无法写诗的，因此，他反对美国新诗在语言上受英式英语的语汇、句法、节奏、声韵的束缚，他认为那一切"将我们绑在我们喜爱的情性及中古主义上"。他说："让我们回到字上，那些我们急需回归的字，那些洗干净的字。除非我们能通过新铸造的字重新夺回思想的能力，我们简直就沉底了。"（庞德斯坦恩）因此，威廉斯在写作中竭力用美式口语化的英语，并且放弃英国诗的抑扬格和押韵，而寻找美式的"可变的音步"，在这种新的音步的探索方面是否成功，评论家有不同看法。

在《红色手推车》中威廉斯对诗行的安排和手推车（wheel-barrow）一字的拆拼进行了一些尝试，第一节中他将依赖于（depends upon）这一词组分写在两行内，成了"……依赖／于"，以分别出词组中两个字的轻重和不同作用；在第二节中他有意将手推车的两个组成部分：轮子与车身分写在两行，使红色与轮子连成一个概念，成了有红色轮子的手推车，以区别标题上所用的"红色的手推车"的概念；第三节有意将雨—水分写在两行，以增加水珠的零落姿态和雨的成片在感觉上的差异；第四节将白色与鸡群分写在两行以突出白色，与第二节的红色相呼应，如果允许我们采用后现代主义充分多层次的阅读方法，我们甚至可以说 "barrow" 这个字，因为也有阉猪的意义与鸡群起了非正式的联想式的呼应作用。

威廉斯在《欲望阁楼》一诗中还采取了具体诗的象形排行手法，他的《春天及其他》的散文部分也有意采用具体诗的象形排列手法，有时将字倒写，并且有意将章节的号码标乱，据诗人说以表示他当时思想在困惑状态中（见《我要写一首诗》，第37页）。

威廉斯的后现代主义诗学观的另一个表现是在诗的动与静的功能上，倾向于流动的，常变的动的功能。正像米勒所指出，威廉斯背叛了传统的将诗束缚在因果关系的线形的决定论的结构中，而强调诗有自己内在的本性的动力（《论文选》，第256—257页），而且这种运动不是按照诗人的指示进行的，不受诗人的情绪的影响。这和他反对有所谓超验的力量统制宇宙的形而上学观点有关，他在一首名为《舞蹈》的诗中讲到一切关系、一切事物的相对流动性，正好像在舞蹈中不断地更换舞伴，虽然舞伴间的关系是亲密的，但却不是永久不变的，"但只有舞蹈才是可靠的／尽情地占有吧／谁知道结果会是怎样？"他又用大雪时雪花与人的关系来解释这种自由流动的运动："这阵风雪／将我们围在一起／雪花和我们游戏又抛弃我们／跳舞吧，跳得令人感觉可信。"这种一切都在变，只有变本身是永远不变的想法是典型的后现代主义，后结构主义的观点。诗歌的即兴创作也是这种舞蹈，威廉斯的《柯拉在地狱》就是这种即兴创作。在《斯坦恩的著作》中他说运动不应当有预先指定的目标。巴赫的音乐并没有像后来的音乐那样为一种预先定好的设计所压倒。他很反对"思想按照逻辑系列运动，朝向一个作为目标的固定终点"，但他认为注意可紧追智力在他最佳状态下所能观察到的，不要错过面前令人眼花缭乱的任何一个运动。这种追逐的目的与逻辑所执行的"愚蠢的功能"无关。写作时的运动方向不是任何预定地点，因为预定地点会起阻挠运动的作用。他的这种写作是即时、即地、随机的自由运动的观点也是后现代主义的。威廉斯是指在创作进行中运动应当是自由的，否则就会干扰想象力的发挥，但这不等于对一部长诗如《柏特森》的结构没有预先的计划。威廉斯将想象力比作一道白光，当各种事物如彩带交集成许多集点时，白光能穿透各个集点。威廉斯认为对于作家只有想象力是真实的，他说："我们用具有创造力的想象谋求从各种不幸中解放出来，就好像从一个平板的希腊风格的完整的贫乏中解放出来。"（《柯拉在地狱》）想象力能从一件事物走向另一件，赋予它们全然不同的性质。在一首诗里，诗的力量不是依靠逻辑性，而是由想象力将各种不同的、破碎的事物吸引到一个"舞蹈"中去,这样就给它们以饱满的生命。诗就是不断地变新。艺术不断地保持它的活力,不断向未知挑战,敢于走向暗存着不平静的地方,他以为美,如果人们找到它,必然带有一丝神奇,这就是它的未知性。威廉斯对创新的重视使得他必然要考虑旧的力量的死亡,他说真理的呈现总是通过变迁,必须先毁灭,而后在新的形式中再生,像凤凰鸟那样,他说,"如果扑灭烧毁旧巢的火焰,就会阻拦凤凰的再生",如果旧巢得不到新建就会臭气逼人,他说这是一个艺术家所必须面对和采取行动的。(见《逆着气候》)

从上面所述,可以看出威廉斯的这些论点与后现代主义是十分相近的。

四

但是威廉斯又是一位现实主义诗人。他强调文学不能脱离现实生活,文学是紧贴人民日常生活的,文学是对社会和人民有用的,文学必须写得具体,这些观点都与现实主义很接近。但他不同于传统的现实主义的是反对文学模仿自然,他说莎士比亚绝不是给自然照镜子,威廉斯的直接描写穷苦人的诗朴实而生动,最有名的有《致一位贫穷的老妇人》《穷人》

《一位无产者的画像》。威廉斯的现实主义与他的后现代主义是有机地结合在一起的。从职业来说他是一位十分热爱自己的工作的医生，常常为了出诊他不能写完一句话，他的很多创作都是在看病空隙时见缝插针地写下的，他的职业使得他有机会接触很多穷人，而他坚持应当以自己所生活的环境和所接触的人作为写作素材，从语言上他坚持用普通美国人的英语，发展美国式的诗的形式对他来讲是向前看，他认为艾略特虽有创新，但因为他不想摆脱欧洲传统的束缚，因此是向后看，他的大胆、透彻地表达现实，现实的美及丑，使得诗人华莱士·史蒂文森说他是"反诗美"的诗人。的确，他并不崇尚超验的美，而更重视捕捉现实生活的强烈的生命力。不像传统的现实主义者重视典型的普遍性，他特别强调现实的特殊性，他认为普遍性只能在特殊性中找到，世界性只能在地域性中找到，过去只能在今天中找到。他说："地区性是唯一的世界性。"他对此时此刻此地的现实的强调带有一定的存在主义色彩，这种对今天、当前、本地的强调是他这种带有后现代主义色彩的现实主义的核心。他不理解美国诗人有什么必要离开美国去寻找写作源泉，他说："……对我，更重要的是我存在着。一个人应当到哪里？我应当干什么？拜伦·瓦札克斯是一个真正的美国诗人，因为他不需要'到哪里去'。"在《逆着气候》中他说："此时此刻的生活是没有时间性的，这就是我所寻找的普遍性。我要将它包含在文艺作品中，这是一个永远真实的新世界……没有了今天就没有了一切。"他认为只有生活在各种环境中的人都写出他的生活的特殊性、具体性、地方性和感性，人们才能通过各种不同的特殊性最终理解共同性，离开自己眼睛前面的现实世界去另找源泉是一定要失败的。因此，他问道：为什么我需要去别处呢？用感官和想象力掌握此时此地的现实是唯一的途径。只有在最强烈而具体的特殊性中才能找到普遍性，他说也许因为他的强烈的美国意识，也许因为他是学医的，他要让现实在他的诗中自己发言（见《我要写一首诗》，第17页）。作家究竟是怎样掌握现实呢？威廉斯是不同意用移情法将主观投射到客观上，也不想为主观找到"客观的对应物"。他觉得自己从来就是一个乡下人，乡村是一个既真实又富诗意的世界，而自己与乡村似乎是一体。"当我写花朵时我就是那花朵"（《我要写一首诗》），当他写《春天及其他》时，他就是那痛苦地挣扎长大的春天和它所遭受的一切冷淡，四周的荒凉，还有那坚决地展开几片叶子的野胡萝卜。在他的五卷《柏特森》长诗中他既是写那他非常熟悉的城市，又是写他自己，柏特森被看成一个男人，而诗人自己又体现在柏特森的地区和人群中。这部长诗原定为四册，但后来威廉斯一直写到生命终结那一天，因此，共有五卷和未完成的第六卷。在这部长诗中威廉斯彻底放弃他的主观与外在的客观（柏特森的地理和居民）的区别。柏特森是威廉斯的化身，而威廉斯自己又是柏特森的化身。

威廉斯的现实主义不主张以题材的大小来决定作品的重要性和意义。大至一个城市，小至一些日常的食品购货单都可以入诗，在这方面他对当今美国青年诗人的影响极大。他们强调日常生活的平凡，语言的通俗，甚至平板，比威廉斯更有意识地反诗美，这可能是和反超越的崇高连在一起的一种当代审美意识。威廉斯的长诗《柏特森》在诗学上，结构上，内容上都充分地体现了诗人的超前意识，他的尝试新颖异常，充分体现了诗人的后现代主义——现实主义的许多新奇的设想。它突破了散文和诗的形式界限，散文，甚至新闻报道与诗行交错出现；它融主观与客观、人与地一起；它包容了柏特森城的许多历史事实的细节，也包容了诗人的神奇的想象力所赋予当地真实的事实和人物的丰富的象征意义。瀑布、河流都是这个被看成是"一个男人"的城市的感官，从下列的引段可以看出这部长诗的奇想和美丽：

柏特森睡在巴色亦克瀑布脚下的山谷中

它的流出的水形成他的脊背。

他躺在身子的右侧，头靠近雷鸣般的瀑布，

水珠溅满他的梦！永远的睡眠，

他的梦走遍全城，隐名埋姓，

蝴蝶歇在他的石头耳朵上

不朽的他，不动也不醒，少为人见

虽然他呼吸着……

《柏特森》与庞德的《诗章》几乎同时诞生，是20世纪的两部开放式的长诗巨著，都是诗人以毕生的精力在很多年内逐步写成的，继他们之后，20世纪70年代逝世的美国诗人查尔斯·奥森也写成一部这一类的长诗名为《马克西姆斯》。这三部长诗像乔伊斯的《尤里西斯》一样是难懂的巨著，但非常吸引人。限于本文篇幅，不能在此详谈这部巨著，它的一个极大的特点就是它的诗的地貌有如高山峡谷并存的险要关塞，假如我们把高山比作威廉斯那奇特的惊人的想象力的表现，峡谷是他那深深进入现实的细节刻画，高山是那充满诗意的诗行，峡谷是他那自地方志博物馆里找到的各种有关该城的历史记载和新闻报道，后者被原封不动地插入诗行间，这真是一部充满了现实主义与后现代主义文字的大拼贴的作品。对它的研究还大有展开的必要，目前美国学者对威廉斯的研究至少有两大派，一派是从后结构主义的角度剖析他的诗作，如约瑟夫·N.里德的《翻转过来的钟》（1974）和J.希勒斯·米勒的《现实的诗人》；另一派对威廉斯的诗艺进行深刻的研究，这方面的研究著作很多，就不列举了。里德的著作对威廉斯的作品提出了十分新颖的后结构主义的阐释，虽然引起不少争议，却是一部十分吸引人的学术著作，他也是美国最早以后结构主义观点阐释美国诗歌的理论家。

美国以外的读者要完全读懂《柏特森》是要经过极大的努力的，但威廉斯的许多短诗都是可以提供世界读者很多欣赏乐趣的，这是说，当你调整了你自己的欣赏趣味，使它能接收到威廉斯的诗的信息时。这些短诗见于1917年的《给需要它的读者》，1921年的《酸葡萄》，1923年的《春天及其他》，1934年的《诗选》（1921—1931），1935年的《一位早年的殉难者》，1938年的《选集》（1906—1938），1944年的《楔子》，1948年的《云彩》，1955年的《走向爱情的旅行》等。威廉斯的母亲是一位说西班牙语的，受过法国教育的波多黎各女画家，对威廉斯的文化艺术的熏陶起了极大的作用。威廉斯在青年时代结识了不少法国和美国名画家如马赛尔·杜尚，所以他在《我要写一首诗》书中说，他认为"一首诗就是一个意象，画面是它最重要的东西"。他的许多短诗都是用语言记载下来的画。在这些画面中，诗人捕捉住平凡生活中有意义或有韵味的瞬间，完全做到了在具体事物中蕴含意义的他这一艺术信念的要求。画中的情景平常而偶然，如夏日走在街头吃着红色棒糖的女学生们，一个劳动妇女在街上脱下鞋子找钉子，一个下层的老妇人边走边品味着杏子的美味，一辆飞驰而过的救火车，房屋后面的一堆破玻璃瓶子……这些偶然被捕捉到的平凡的情景，在威廉斯的短诗中却具有一种说不出的吸引力，好像有些什么神奇的韵味含在它们的平凡中，也许就像一滴海水却有着大海的魅力吧。你会反复地读它们，舍不得放下，却又说不清是什么这样吸引你。这些都是因为威廉斯经常从他的画家朋友处学到静物画的奥秘。当然威廉斯有些小诗似乎只是一种尝试，因为它们太属于日常生活的普通部分，虽入诗也引不起新奇感，如一堆蔬菜的名字和因吃了一盘冰冻水果而留下的条子之类。

威廉斯对今日美国中青年诗人的影响十分大，而且也不尽是好的，走向平凡，走向具体，走向物质的感性，当失去那一点虽说不大，虽说不外露，但却不可或缺的"意念"时，诗就像一盏灯被吹灭了似的，顿失神采。因为他们似乎过分强调威廉斯那句名言（"没有意念，除非在物中"）的上半句，而忽视了下半句。

不过威廉斯已经在当代美国诗留下一些不可磨灭的影响，这些影响使得美国当代诗获得自己独特的风格，尤其是在语言的创新上和风格的打破传统，充分解放上。今天已经没有美国诗人再用欧洲式的或英国式的英语来写诗了，这去掉不少文绉绉的味道的文学语言。当代女诗评家海伦·范德勒在为她所编的《美国当代诗选》写序时说美国语言和美国当代诗的关系十分密切。她说："与诗有着十分密切关系的语言的魅力在它走到母语的边界时就停步了，但诗的知性和道德的意义却能存活于其译文中。"威廉斯对美式英语的运用对美国当代诗人起了极大的示范作用，也发展了美国当代诗的语言魅力，但在物中寓念，具体中寓抽象，地域性中寓世界性，特殊性中寓普遍性却不是所有的当代美国诗人，尤其是20世纪80年代的中青年诗人都能做得恰到好处的，常常有些青年诗人重了前者，轻了后者，出现一种诗歌物质化的倾向，影响了诗的深度。当然这一点感想也只是个人的浮浅的观察，不能作为对美国当代诗，特别是20世纪80年代新生代的作品的严肃的评价。

总之，威廉斯对美国当代诗的影响是存在的，而且难以充分估计的。

庞德，现代派诗歌的爆破手

庞德（Ezra Pound，1885—1972），美国爱达荷州人，在他60年的文学生涯中自学了包括拉丁文在内的六七种语言，写了70本书，1500篇文章，这位博学、多产的理论家及诗人对20世纪的英美诗歌的革新运动起了爆破手的作用。在20世纪的头20年，他对准了冗长、陈腐、喜欢感伤、布道的19世纪末诗歌投去两枚手榴弹，轰开了现代派诗的操作面。这两枚手榴弹就是他对"意象"的理论和他的《诗的几条禁例》，可以说一个是积极建设性的关于诗的现代化的基础理论；另一个是对19世纪末诗的病态进行的手术。而贯穿这一切的是庞德惊人的革新精神和信念。

庞德并不是为了标新立异而呼吁革新。20世纪初是科学和社会的大突破时期，美国正在爆炸性地发展着建设，人们的思想意识受到科学发明、社会变化的冲击波，在生活、心理、美感各方面起了质的变化，冗长、内容陈旧的19世纪末诗歌远远不能满足人们的精神需要，是在这种时代的特点下庞德发动了对弥留中的19世纪诗的攻击。庞德反对重复前人已经表达得很好的思想，他说："假如某一件事在……公元前450年或公元后1290年已经有人说过了，我们这些现代人没有必要再说一遍，或者用自己差一筹的技巧和信心将它重复一遍，因而模糊了对古人的记忆。"但庞德并不认为应当将过去的传统一概遗忘，相反，他热心地研究传统文学，他说他想调查看古人已经有过些什么创造，以及它的完美程度，哪些今人无法增加了，同时还有哪些是传统文学没有做到而留待今人来完成的，他认为这方面是大有作为的。对于时代精神他有着很精辟的看法，他说："每个时代都有它自己的大量的才华，但只有某些时代将其转化成永久的事物。"尤其值得我们注意的是他强调诗必须具有自己时代的特色。他说："没有一首好诗是用20年前的方式写成的。因为那样写，就说明作者是躲在书本、传统习惯和俗套里进行思考的，而不是在生活中思考。"这说明在生活中思考是庞德坚持不断革新的一个重要原因。从上文看，他认为至少20年就会涌现一个新的形式的诗，这个想法已经为历史所证明。从诗来说，我们可以说在美国诗史上20世纪20年代是意象派时代，20世纪40年代以前是艾略特的《荒原》时代，而

20世纪60年代以前是艾伦·金丝伯格的《嚎叫》时代，20世纪60年代至今则是以罗伯特·布莱及詹姆斯·莱特为代表的新超现实或"新诗运动"派。这还只是里程碑的名单，其间几乎每十年就涌现一批有创造特点的新作家。美国诗坛之所以如此迅速地进行新陈代谢、推陈出新，原因就是像庞德所说，诗人们强烈地要求表现自己的时代，要求不在祖父的诗的形式里创作，要求在生活中思考，而时代的发展和变化又像江水一样一刻也不停留。这种勇于创新的精神使诗总是充满青春活力，虽然各种流派不见得都能有千秋万代传下去的价值，其中良莠不齐，但勇于创新却是现代与当代美国诗的特点。

庞德的主张创新并不排斥继承。他说如果发现传统诗歌有某些特点是今天所需要的就可以吸收进来。他也不认为各种新诗试验是轻而易举的，他说要追溯各种诗的格式的产生与发展，因为他认为只有经过长时期的斗争，诗才可能得到发展，达到现代化的地步。他指出，但丁的巨著所需要的写作媒介物是经过三个世纪的准备才达到完善可用地步，而莎士比亚所需要的写作工具则是整个文艺复兴及他自己的时代为他准备好的。他强烈地呼吁每个时代要产生自己的伟大作品，他认为由谁来写出这部时代巨著是次要的问题。他呼吁大搞试验，他说一个诗人的一项试验，或为了发明新的，或为了废除陈旧的，都有可能使很多其他诗人节省大量的时间。所以庞德在对待继承和创新、个人贡献与时代集体成果方面的观点是很辩证的，这里可以看出他高瞻远瞩的艺术观，对各国的诗歌创新运动都有借鉴的价值。

庞德关于"意象"的理论，自从他在20世纪初提出一直到今天都还是充满活力的，影响着各种流派的诗歌运动。他对意象的论点是有过发展的。在早期，当他创作那首有名的《地铁站上》短诗时期和他建立意象派诗的时期，他对意象的理论强调它的坚实、单一及相对的静止的一面。他说意象是在顷刻间理智和感情结合成一个综合体，或一个结节，呈现在诗人眼前。他说一个诗人写了一堆作品也许还不如找到一个"意象"有价值。这时期为他所特别欣赏的意象派女诗人杜列托（H.D.）将海涛和松涛从形状、声音各方面结合在一起的意象是很典型的。意象是诗的核心，或结构的心脏，它的跳动就是诗的生命。在20世纪20年代庞德脱离了意象派，兴趣转向法国的漩涡主义，这时他对意象的看法侧重它的动的功能，它的多层性，它的变化。他说意象并非一个思想，而是一个发光的结节，一个漩涡，很多思想不断地从其中升起，或沉入其中。这很像今天人们所理解的太阳与黑斑的产生与消失的关系。这样就打开了现代派诗中意象的多层意义和它的变化、变形等有机的活动。当然也因此增加了现代派诗的难度。20世纪30年代的美国长诗《致桥》的作者哈特·克莱恩就十分强调意象的变化。

无论是意象的单一与静止或多层与变动的理论都使现代诗在逻辑性与形象性上得到前所未有的密切结合，水乳交融，同时具有其自己内在的活力，诗不再是主题脱离词句，好像骨骼与肌肉两相分离，不再是贴满外在的形容词及比喻，如一个粉墨登场的演员，不再是只有一层解释，而是往深处可有多层解释，往广处可以溢于词句诗行之外。当然确如庞德所说试验不是能在短时期内保证成功的，因此现代诗也带来费解、不准确、模糊、庞杂等问题，但总的来说它更能代表现代人的思想意识的深度和感情的多彩，如果保守是绝对的障碍，革新是不可避免的，但革新中会产生新的问题，有些甚至为新的生命带来危险，这也是不容轻视的，但庞德对他以后的英美新诗的形形色色的发展并不负全部责任，有些是他自己的理论所不赞同的。譬如说庞德是希望要坚实的意象，但现代诗中的反理性派却追求模糊和混乱。在我们尝试意象的运用时，我认为要避免反理性、反逻辑的倾向。还是应当像亚里士多德所说那样，诗是为了提高人们的认识而写的，如果它本身是没有逻辑，违反理性的产物，那自然也就没有作用了，无法与读者交流，也就不可能传播下去。

庞德，也许出于预见吧，曾经特别指出"象征"要用自然的物体，不要非牛非马，使读诗者不能想象它是什么。这也说明庞德的原意并不要求意象及"象征"成了万花筒，而这种错误的出现是不应由庞德负责的。

庞德的另一颗手榴弹就是他的《诗的几条禁例》。这可概括为下列几方面：

不要用多余的形容词，不要将事物抽象化；不要抄袭，不要在诗中陈述、描绘；不要夸张、追求气派；不要掠前人之美，要有所创造；不要追求别人的吹捧；不要死守格律，要有音乐感但不要死填韵脚，要表达得简洁明确；不要搞不自然的对称、铺陈以求表面的完整；不要按照节拍器的死板拍子写诗。

这些禁例显然是为了新诗的准确、凝练、形象化、有弹性，以避免冗长、陈旧、模糊、抽象等时弊。

过去两三年内我国的新诗也有了不少的变化，在向现代迈进的途中，我们也有时流露出保守畏新的迹象，也有时不完全恰当地吸收西方的理论，我觉得我们也有必要考虑什么该做什么不该做。我这里东施效颦，大胆地提出一些自己的看法如下：

禁例几条（仿庞德）

不要让诗变老，瘦骨嶙峋，没有丰肌；

不要只求得粉红色的肌肤而没有健全的骨骼。

不要让教条当红灯截断了真情实感的潮流。

不要召出梦之幽灵，追求无理性的呓语。

不要写人们不必用心灵来读的条文似的"诗"。

不要写不知道你个人境遇就无法读懂的私人抒情诗。

不要把诗当成调色板，五颜六色地涂抹而忘了主题。

不要把诗当成绘图，只是些没有颜色、没有音乐的若干线条。

不要把诗当成用市场上买来的比喻词汇、套话拼成的七巧板。

不要只顾追求惊人的诗行而忘了为什么要写它。

不要把诗当成万花筒，只炫耀颜色技巧，而没有深刻的思想，没有坚实鲜明的意象。

不要以为有了正确的思想就一定有了好诗，从思想到诗是一个不容易越过的山谷。

不要写连自己也不明确的内容。

不要将散文切成诗行。

不要没有历史感，正如诗人、评论家艾略特所说，如果一个诗人在二十五岁以后仍想能写好诗就必须有历史感。

不要忘记你的诗也是世界的诗的一部分。

不要满足于熟悉的表达法，也不要为新而新。

这单子既不全，也可能不准确，只能算是对新诗创作的关心的表示。

庞德的意象理论在克莱恩、艾略特、布莱等人诗中起了不相同的作用，因为篇幅有限，这里就不谈这个问题了。

1982年2月于北京

*本文首次发表于《当代文艺思潮》，1982（2）。

从《荒原》看艾略特的诗艺

　　《荒原》诞生在1922年。那是人类第一次经历了世界大战之后。资本主义社会的一切传统受到质疑、冲击，发生动摇。工业革命给西方社会带来的物质财富和创造发明证明不但不能自然而然地消除人们生活的动荡不安，反而加剧了社会矛盾和西方国家间的争夺，战争在向世界性发展；宗教已失去迷醉人们的魅力；对几千年以来人们所奉为真理的西方古典哲学、美学和它们反映在人们头脑中的各种观念（如世界的秩序、宇宙的结构、道德的标准、美的准则等）人们都要求给予新的考虑和新的认识。总之，在西方人们的心目中，古典主义一去不复返了，浪漫主义暴露了它的不现实[①]；文学艺术在寻找新的途径，以求更深刻、更集中地在文学艺术中，以新的手法呈现事

---

　　① 彼德·福克：《现代主义》，23页。

物的潜在实质，刻画时代的壁画巨幅，反映西方人的精神状态。文学艺术这种对新世纪中涌现的新事物、新的状态的关注，促使作家、画家、雕塑家发展他们的艺术以适应形势的需要，少举也有塞尚、罗丹、毕加索这些开辟新径的大师，而在英美文学中乔伊斯、詹姆斯、伍尔芙、福克纳、海明威自然是突出的人物，但在诗歌方面的创新当然必须承认艾略特的地位。而艾略特为现代诗歌树的里程碑就是《荒原》。《荒原》虽不过几百行，但它在内容和诗艺方面都为英美诗带来全新的气象。有的评论家略带夸大地说自《荒原》诞生以来，很长一个时期，西方文学是在这巨幅壁画上添加细节和人物，可见它的概括性之强。至少在20世纪50年代以前，也就是在美国当代诗另立威廉·卡洛斯·威廉斯为盟主之前，艾略特的《荒原》以其诗艺足足统治了英美诗坛半个世纪之久，当今的美国诗人，当他们初展雏翅时，飞在他们心目中的老凤就是艾略特。

　　20世纪初涌现的这批文学艺术辟径大师有一个共同的美学信条：他们都不是模仿自然，而是要用文学艺术呈现一个经过他们改装的"艺术的真实"（或称第二自然），这个"真实"是与"现实"平行的，是用感性的手段再现的现实，由于它是经过艺术的分析与综合，通过形象、声音、色调、线条、光影、触感等感性手段再现的现实，所以它是主观和客观结合的产物。单纯地模仿外界事物和主观无边地夸大某些客观方面，以满足主观预定的想法，都不是他们的目的。为了更集中、更深刻地呈现他们所观察到的客观和主观世界，他们想将世界（包括内在的、外在的）像积木一样拆散、分析，而后重新按照自己的理解对之进行艺术的组装，这就是艺术对现实的创造性的分析与综合活动。如果我们姑且不考虑这些艺术家、作家对世界的理解是否和我们一致，而对他们这种通过艺术再创造来呈现世界的艺术手法和美学发展，来进行一番探讨和理解，也许对我们自己的创作不无益处，鉴别一下别人的创新，总会对自己有所启发吧。

艾略特在他的评论中指出，在17世纪后半叶英国诗走上一条感性和理性、感觉和意义脱离的道路[①]，而20世纪的诗人有责任将二者在诗创作中重新结合起来。在这样一种努力中产生了庞德的"意象"理论，以及艾略特本人所提出寻找主观感情、思想的"客观关联物"[②]的说法。"意象"也好，"客观关联物"也好，都能起一种结合感性理性、主观客观、意念与形象的作用，像艾略特所说，使思想像玫瑰花一样具有可以袭

---

① 艾略特：《论玄学诗人》。
② 艾略特：《论哈姆雷特》。

人的香味。除了在诗中使意念都拥有感性，使感情都具有"客观关联物"之外，艾略特还指出创造的活动必须具有将混乱、破碎的现实经验组成新的整体的能力。他说："当诗人的头脑为进行创作做好一切准备时，它总是在不断地拼联相异的经验，人们通常的经验是混乱的，不规则的，断裂而零碎的。一个人在谈恋爱、阅读，二者互不相干，而又和打字声、烹调的香味也不相干；但在诗人的头脑中这些不相关联的经验总是形成新的整体。"①就是这种将相异、孤立的经验拼联在一起，使无秩序的外表显出潜存的秩序的功能是现代创作所要求于诗人的。

　　《荒原》为了实现上述的艺术目的，采用了几种新的手法，其一就是时空的错位。在《荒原》中艾略特实践了他在《传统与个人才能》中所倡导的关于时间的连贯、重叠相包含的美学观点。昨天里有今天的种子；今天孕育着未来；而昨天、明天又都相遇于今天。艾略特就是用这种时间观看待历史中发生的事物。在《荒原》中他所写的今天的伦敦和欧洲处处可以找到过去的回响。20世纪20年代的伦敦的画面、风俗、语言、人物，惟妙惟肖地跃于纸上，然而当你定睛一看时，却发

---

　　① 艾略特：《论玄学诗人》。

现伦敦桥原来不真是伦敦桥，而是建立在但丁的地狱中的长桥；桥上的行人也变成地狱中桥上的鬼魂。空间也得到错位的处理。泰晤士河一下子与莱茵河重影，泰晤士河的今天又与16世纪的泰晤士河重叠。《死者的葬仪》一章空间错位尤为显著。以庞德删改前艾略特的原稿论，此章的空间错位经过几个回合：伦敦的下层社会→欧洲上层社会→《圣经》中的"枯骨谷"→爱尔兰的海域→又回到伦敦桥。

这些不同的空间，有的是真实的，有的是虚幻世界的，被艾略特给以极富感性的表现，好像一张张相片，一个个镜头被重叠、交错地拼联在一起，其参差、重叠的情况很像毕加索在他的人像中所做。毕加索利用空间错位的手法使他的模特儿的正面、侧面、前胸、后臀任意重叠拼联。时空的错位法使得艾略特能在《荒原》的几百行诗里打通时空对现象的割裂，将更多的零乱的现象，或人类昨天和今天的经验，经过艺术的分析和综合，组成一个"艺术的真实"这样的整体。当他这样做时他就找到了他所要表达的思想感情的"客观关联物"。这关联物既有强烈的感性感染力，又体现了思维；既有一个时代的特殊性，又具有历史的普遍性。因为它将西方人彼时彼地的经验和他们历史上昨天的经验糅合在一起了。譬如，在关于诗人遇到老战友史德森那段对话，就是企图将第一次世界大战与古罗马时代的布匿战争相重叠，并暗示第一次世界大战中的牺牲者不可能复活了。有趣的是毕加索也正是在这个时期尝试了他的空间错位法、重叠法和立体主义的分析及综合手法。二人在不同的领域里所做的尝试有着极其相似之处。毕加索在一个画幅上用错位法压缩地表现了多维空间；艾略特在《荒原》的四百多行诗里为了压缩地概括西方社会的昨天和今天的实质，也采用了时空的错位，重叠手法。因此我们有理由相信，这种同时发生在艺术与文学领域中的时空错位手法是有它特定的时代背景的。

而它的背景在很大程度上就是多维时空概念在科学界的发现和它在哲学界引起的回响。20世纪相对论的产生，和柏格森的一切在流动中的哲学思想的流传使得时—空（time-space）的概念得到普及。艺术家、文学家逐渐倾向于在时空的动态中，而不是静态中表现现实。动力美学的观点得到诗人艺术家的承认。动力抽象雕塑的出现就是一个证明。人们认为如果艺术家、作家不是依赖他的感官感知客观对象，而是将时间的"动"结合他对空间的观察，他就会体验到对象在多维空间中的存在。毕加索曾说他并不是按照他眼睛所见进行创作，而是按照他的想象来画对象。在他的立体主义作品中由于对象被放在多维空间中，同一物体就出现在不同形式、不同位置上，这些不同的形象同时投射在画幅上，形成变形和重影。艺术家这样创作，因为他认为只有将事物放在多维空间中来表现，才更符合它的真实情况。当时一空的概念被运用到小说上时，意识流中的事物的重叠转换就在作品中出现了。《荒原》正是将这种手法运用到诗的创作上的结果。

毕加索在视觉里运用多维空间，艾略特在人们的记忆里（阅读是一种记忆）运用动态的时　空观表现他对历史的理解。在他的《传统与个人才能》一文中，他将柏格森关于时间与意识的观点运用到文学理论上，得到传统与个人才能，过去的文学成就与当前的创造有机地统一。柏格森认为人们的意识状态以纯持续形式存在。当人们生活时他的意识不愿将它的目前状态与过去状态分开；它将过去与现在组成一个有机的整体，在这种纯持续中过去含蕴着全新的当前，人们的意志努力将正在溜走的过去全部掌握住，并往当前中投去①。将柏格森的这种关于人们的意识与记忆的理论与艾略特关于"历史感"的理论相比较，就清楚地看到二者的血缘关系。艾略特说："传统是有着更广阔意义的事物。人们不能继承传统，如果你要有传统，就必须以很大的劳动去获得它。首先，它涉及

① 参见罗素：《西方哲学史》，第二十八章。

历史感，这对于任何一个在25岁以后仍愿继续当一位诗人的人是不可少的。历史感包含一种感知，不仅是对过去之过去性有感知，而且感知到过去的当前性；历史感不仅使得作家在创作时骨子里有着他的同时代，而且要意识到自荷马以来的全部欧洲文学，及它和包含在它中间的本国家的文学同时并存，并且组成一个共时性的秩序。这种历史感意识到'无时间性'与'临时性'，以及二者的并存。正是这历史感使一个作家能被称为掌握传统的作家。同时也是这种历史感使得这位作家强烈地意识到自己在时代中的地位，意识到他自己的时代特点。"① 《荒原》正是建立在艾略特这种历史感上。在《荒原》中的20世纪英国渗透有希腊、罗马时代的事迹与神话传说，《圣经》与禅宗的故事和教义出现在伦敦的街头巷尾。在酒馆柜台与茶桌前市井人物与神话和传奇人物相互转换。

在20世纪初，美国人从一次重要的欧洲美展中初次接触到这种新的艺术观。这就是1913年在美举行的"军器库画展"。如今不少诗史都记载着这次画展对美国新诗运动的推动。新的艺术观反映这样一种新的宇宙观：强调宇宙间万物流动，不停地变化，然而又没有什么真正消灭，在死的事物中看到生命的

---

① 艾略特：《传统与个人才能》。

潜存，在活的事物中又看到死的来临，外表的静止掩盖了微观的运动，而微观的匆忙的运动又具有宏观的不动面貌。原子、人、地球、宇宙都是这样。艾略特在《荒原》中充分发挥了生与死互相转变的主题思想。这个主题以各种变奏出现在全诗中，在《死者的葬仪》一章尤其突出。这章的前75行中死和再生的主题就以下列的方式出现：痛苦的丁香维系着复活和死；令人遗忘忧愁的白雪意味着由死而生；老贵妇人玛丽的回忆是从童稚到衰老的体现；顽石堆发芽意味着死而复生；枯骨是从死到复活；红岩下的影子是死到复活，风信子女郎是爱情的死亡到再生，腓尼基水手之死是由强烈的生的欲望（水）所引起的死；斯特森所埋葬的是繁殖之神的尸体，尸体发芽象征着由死变生，所以在75行诗中艾略特竟创造了至少8个形象来表达生死间的转换，而其中明显地表示由死到生的占5个，可以说艾略特在这首诗中仍流露了他对事物的乐观的期待，虽然他同时看到伦敦这座代表西方文明的城市到处是行尸走肉，和丧失了灵魂的活死人。整个诗在对人类命运这个问题上表现了动摇和迟疑。

《荒原》的创造程序是对现实进行分解和再组成、再创造。诗人对西方社会的分解使得他获得一系列的现实画面：早春、深冬、岩石、沙漠、海、泰晤士河、花园、寝室、街头、酒吧间、教堂……蒙太奇的手法使这些自然景致和社会生活特写又在诗篇中像断片般浮现、旋转。没有什么场面是有头有尾的；没有一幅画是用画框镶好的；没有一个情景是静止的。诗人采用了淡入淡出、转换等手法，画面是破碎的，但在细节上却有很强烈的真实感。这体现出分解的活动过程，因为艾略特和很多当代作家一样相信事物的真实状态总是处在分解、改组和再组合的过程中。《荒原》正是这样一个过程的产品，零乱的断片被再组合成一个艺术的整体，这就是艺术对现实进行再创造的功能。

《荒原》中的叙述者既不是第一人称，也不是第三人称。叙述者是由诗人自己、鱼翁王、菲迪南（莎士比亚戏剧《暴风雨》中遇风暴的王子）及腓尼基水手组合成的合成叙述者，这合成的主角用他的叙述引导我们，就像一个摄影师用他的镜头引导我们。主角所最关心的问题是死和再生。他经常以第一人称或第三人称的身份出现在诗中，提出生与死的问题。

其他人物，有时是群像，有时是一个合成角色。诗中有一类阴阳家，他也是合成人物，他是由市井女算命家苏索斯特里斯夫人和更高级的阴阳家梯雷西亚斯合成的。他的功能是起一种推、拉镜头的作用，以便向读者展开鸟瞰的景致，或引读者深入观察细微的情况，使读者能从空中观察荒原上的事态，或钻入事物的隐蔽处（如打字员的幽会室）进行观察。苏索斯特里斯夫人水平低些，她因为"伤风"失去了一部分远距离测试的能力，但也看到腓尼基水手将死于溺水的命运。她的庸俗使她看不到复活后的基督。梯雷西亚斯曾经体验过男人和女人的两种性别生活①，他悄悄地隐形，钻到一对庸俗的情人之间，报道了他们那种没有爱情的"爱情"，因此他起了一个推镜头、放大、特写的作用。他们两个出现在诗中并非"人物"，而是合成一个阴阳家的角色，以揭露荒原上宏观和微观的事物。

《荒原》中还出现一群群的群像，他们也不是戏剧性的人物。因为他们都不代表个人，而是一种类型，如庸俗的小市民代表的女打字员和她的情人地产公司小职员，另一对空虚的情人是一个神经质的女人和她的空虚沮丧的情人，商人、泰晤士河畔的公子哥儿和被他们遗弃的情人、盲动的人流、酒吧间里的妇女、伦敦早上流向办公室的人群，等等。这些人不成为有性格的人物。他们有的出场时像一些投在布景上的人影；有的被勾画得真实、清晰，如同素描，留给人很强烈的印象，如那位女打字员；有的被用五光十色涂染成一幅画像，如那位被讽

---

① 梯雷西亚斯是奥维德在《变形记》中写的一个人物。他曾因击打一对交配中的蛇而被变成一个女人，八年后又一次击打这对蛇而还原成男人。后因得罪朱彼德大帝而失明，但朱彼德赐予他预知未来的能力。

刺地画成埃及女王迷人的克利奥佩塔的神经质的女子。

诗人除用各种绘画手法处理这些画像之外，还用声音刻画人物。他用记载对话的片段的方法使读者在想象中能听到这些人物的声音。对话和声音在一定背景之下能深刻地刻画一个人物。譬如，在《死者的葬仪》中那位老年贵妇人关于自己童年的回忆，还有那位神经质的妇女和她的情人间充满空虚、隔膜、迷惘的对话，都起了通过声音来表达人物和场景的效果。他们的自白或者对话能引起想象他们的表情、神态。声音的性格体现在语言的真实感里，这种语言不是文学味的，而是口语化的。它能唤醒人们对生活场景的联想。用现实生活中活的口语化的对话描绘人物和环境是一种极富表达能力的手法。艾略特在这方面的成就是突出的。他的诗中的人物或喃喃自语，或闲聊，或向读者打招呼。在很多时候诗人并不描写这些人的神态、仪表，但他们的声音和口吻却很有效地在读者的脑海里勾画了他们的肖像。譬如，老贵妇人玛丽的口吻使读者想到她一定是一位庄重、老式、白发因高龄而略失去贵族的傲慢的老妇人，用一种絮絮叨叨的口吻，兴奋地回忆着自己的青年时代；而酒吧间的妇女们则因饮酒而口齿不清，声音浊重，说话迟缓，在诗里用各种不同的声音烘托环境是一种较新的手法。过去有些诗人如布朗宁擅长在诗中以对话写人物的内心和性格，达到戏剧性的效果，但艾略特在《荒原》中运用各种声音更多的是为了烘托环境，而不是写人物的性格。这些声音飘忽地来去，读者有恍惚听到别人片段地谈话的感觉，它们不是有始有终的叙述或对话，而是断续地、忽然地出现和忽然地中断、消逝，给读者一种在梦境中和他们相遇的感觉，或是在匆忙的大街上偶尔听到两个人对话的片段。这种梦境的模糊和片段的效果使我们格外为这些对话所吸引，它的模糊而真实，不完整但很强烈的效果不同于古典主义和浪漫主义对独白、对话的使用。后者追求清晰感。古典作品是想将生态凝固在一件艺术品中，捕捉一个动态，让它冻结在艺术里，以便永存，供人欣赏，雕塑、绘画尤其如此，而艾略特的《荒原》却不想这样做。他似乎想突出事物总在变的特点，虽然人们肉眼看不见这种变；因此他为《荒原》写的人物、场景也总给人一种云雾中隐约可见，虚的或动的印象，而不是古典艺术所追求那种焦距准确，对象轮廓清晰的效果。在《荒原》上我们随着引导者漫游，很有恍惚梦幻之感。古代的、现代的事迹穿插出现，人物的声音飘忽来去，景物则如在云雾中。如《死者的葬仪》一章中瓦格纳歌剧《特里斯顿和伊索达》中水手思念恋人的歌声的出现就十分突然。它是诗由"死"的主题转向"情欲"的主题的一个环节，然而它忽然出现，又匆匆消逝，融入风信子女郎的画面，女郎的声音掩盖过水手的歌声。画面、景物和声音在《荒原》里就是这样突然出现，又悄然逝去。

神话的人物在《荒原》中起着综合的作用。这种神话人物带着他们原有的特点，在诗中象征某个主题思想的出现，然而他们又有着鲜明的感性特点。西贝尔是在时间里风干缩小，但永远不能死的"死"的形象。她因为已经失去青春，她的永远不死正是一种最痛苦的"死"。风信子女郎是一个现代化了的神话形象。希腊神话中美少年亥辛撒斯误被爱他的阿波罗杀死，他的血化成风信子花。在《荒原》里诗人让痛苦的爱情化成一个双手抱满风信子花的女郎。艾略特笔下的风信子女郎是一幅绝好的印象派画像。在傍晚模糊的天光下，她抱着满怀的风信子花，头发微潮，从风信子花园走出，但是迎接她的男子，却因为在西方现代社会中失去了爱的能力，无法对这样美丽的爱的化身做出反应，他张口结舌，目光迟钝，只能呆滞地想道："海洋上一片荒漠"，这是《特里斯顿和伊索达》歌剧中一句等候爱人而不见到来时的歌词。

受到暴君特里厄蹂躏和割舌的少女菲洛梅据神话传说死后化成夜莺，每当深夜泣诉她所遭受的迫害，在《荒原》中她象征着和"情欲"对抗的"贞洁"的化身。此外还有莱茵河的女儿，森林女神等，这些精灵似的神话人物延伸了故事的时空。

但是，起着综合作用，真正承担起将现实生活和神话、历史故事的各种断片串联在一起，使之成为一个艺术整体的综合作用的是两个传说故事，一个是"寻找圣杯"这个中古传奇故事。艾略特在注解中说他是从杰西·L.威斯顿的《从祭礼到浪漫传奇》和詹姆斯·弗拉塞的《金枝》两书中得到启发的。这两个传奇与宗教故事组成《荒原》的骨干结构。它们都和死而复苏的主题有关，在这样的骨架上诗人能够将各种与生和死的命题有关的一切断片贴上，构成这首长诗的肌肉。所以说这两个故事对长诗来说是起着综合零碎使之成为整体的作用。而这个整体是与诗人所曾分析过的客观现实相平行的一个"艺术的真实"。这种对客观现实进行分析，取其各种有关的碎片，而后用艺术结构将它们统一起来成为一个艺术整体的创作手法是20世纪西方文学的新的创作手法。艾略特的《荒原》正是这种创作新路在诗的领域内的一个典型作品。乔伊斯的《尤利西斯》也发表在1922年，则是小说领域内的这种创作方法的代表。用神话结构作为作品的骨骼，装载着今天的和历史的这一新的途径在这两部作品之后得到奠定，在西方文学中成了新的传统。

为什么艾略特和他以后的很多现代诗人都强调对现实采取这样先分解再综合，重新组成新的艺术真实的创作途径呢？这与艾略特关于诗的功能的看法有关。艾略特和很多现当代诗人都强调写诗本身是一个对现实认识的手段，他们认为模仿现实的既存秩序和外貌并不一定能捕捉住现实的实质。如果对现实进行剖析，在掌握它的实质后再以更直接，或利于表达的艺术秩序对这些代表着事物本质的"碎片"加以综合，效果可能要比单纯模仿自然强烈得多。艾略特认为写诗的过程也是诗人破除陈旧的概念对自己感受力的枷锁的过程。他说："诗可以导致敏感性方面的革新，这是我们周期性的需要；又可以打破传统的感知和评价的模式，这些是时刻不断地形成的。诗可以使人对世界产生新的认识，或者看到它的新的部分。诗可以使我们时常更觉察人们更深处的无名的感觉，这种感觉形成我们生命的潜层，我们很少深入到那一层。"①看来，艾略特更强调诗的认识世界（包括人）的功能，而不是教诲的，或陶冶性情的功能。这与他在诗中保留他所说的"一堆破碎的图像"②的原形和表面的混乱，以及和他们不强调写优美，都有关。

　　和上述的分解—综合—再创造的写作途径相适应的一种艺术形式就是20世纪以来在文学艺术界出现的"拼贴法"③。自20世纪20年代后这种拼贴法也屡次被诗人们运用到诗歌创作

---

① 艾略特：《诗与批评的用途》。

② 艾略特：《荒原》，第22行。

③ 用各种实物碎片，如布、报纸等贴在一起构成一种画面的艺术。

中，而《荒原》则是20年代用拼贴法写作成的第一首长诗。拼贴艺术同时出现在艺术和诗中自然也是因为它是适应西方艺术观的一种创作方法。它体现了碎片与整体的综合，零乱与秩序的并存。这正是西方艺术家、诗人对宇宙和世界的认识。这和古典主义所希望表达的和谐的宇宙，完整的秩序有着很大的美学上的差异。在《荒原》中每一个场景都给人以从现实中剪下的　片片碎片的感觉：零乱的女打字员寝室，酒吧间的闲聊，泰晤士河两岸夏秋之交的荒凉风景，伦敦大桥上的人流，这些都是些碎片，剪自现实的城市生活，还有一些碎片则是剪自神话传说，如发芽的繁殖之神的尸体，风信子女郎等。这些碎片的拼贴是遵照诗人的设计方案进行的。第一章引进死与再生的主题，第二、三章节奏加快，画面性强，第四章是一个插曲，呼应着第一章中水与死的主题，第五章是全诗的总结，在其中各种矛盾暂告溶解，基本情调是肃穆、宁静。所以各种现实和虚幻的画面碎片被联结在一起，获得一个艺术的结构。在结构上近似一个由各种曲调组成的交响乐。有的评论家认为《荒原》是一首思想的交响乐诗。

　　《荒原》另一个特点是全篇着重表达各种因素的矛盾而统一的两个面。这就造成结构的多层性，并且相反的力量造成张力，使得诗因此更有力度，给读者强烈的冲击，刺激他去思考问题。以诗的第一句"四月是最残酷的一个月"来讲,这就是一行冲击着读者的诗句,因为人们习惯性地想到四月的和煦阳光,而不会像诗人那样,认为它是最残酷的。但诗人发现四月唤醒万物,只是让它们再经历一次短暂的欢乐,终于仍在冬天来到时死去,因此是最残酷的。相反,诗人指出冬季以它的白雪使万物入梦,反是慈和的。事物总是充满矛盾的,艾略特履行着他的诺言,用诗探索事物的内在矛盾,以加深对世界的认识。在《荒原》里我们找到下列这些对矛盾:

1. 玛丽的回忆中青年与老年的对比

2. 代表永生的红岩的影子与代表死亡的人的影子相对比

3. 夜莺的控诉和人们对情欲的追求并存

4. 婚姻与不育的矛盾(有象征意义)

5. 鱼代表兴旺,老鼠代表衰亡,二者同时出现

6. 水既作为生命的源泉又作为死亡的原因

7. 梯雷西亚斯既是男人也是女人

8. 泰晤士河今昔对比

9. 酒店与大教堂对比

10. 枯骨代表死亡,公鸡代表新生,同时出现

11. 死尸发芽是死与再生同存

一件事物的矛盾面在诗中被揭露出来,然而又被紧紧地连在一

起，矛盾的对立和统一正是构成诗的力度和深度的重要因素。渔翁王在钓鱼（求复活）而老鼠在他身后爬行。水在诗中主要象征生命的源泉，但莱门湖的水又意味着情欲，"莱门"古意为"情人"，在莱门湖边哭泣，是写情欲给人带来痛苦，水手被水淹死，自然因为水是生命中一种伤人的因素。死尸代表死，但尸体发芽自然是生在死上繁殖。废墟中有枯骨，但又有报晓的公鸡。这些矛盾面互相冲突，义结成一体，为诗所要表现的艺术真实增加了深度。

《荒原》在诗艺上的发展自然与艾略特所要表现的内容有关。"形式是内容的延伸"这句当代美国诗人罗伯特·克利莱（Robert Creeley）的名言，继新批评派之后对形式和内容的关系做了进一步的阐释，它已经成为20世纪西方文艺理论所公认的原理。艾略特所面对的20世纪的西方社会早已走出了古典时期与浪漫主义时期。古典主义所歌颂的秩序和浪漫主义所向往的神奇幻想世界都不是经历了工业革命和两次世界大战的20世纪的西方世界的真实。为了表现这样一个充满各种矛盾的现代西方社会所给诗人的刺激和感受，艾略特和他的一些同时代者采取了前面提到的一些新的艺术手法进行创作，譬如，对传说、神话的使用，他的途径不像古典主义、浪漫主义那样保持纯粹传说和神话，将读者引入幻想世界，作者的寓意只是在幻想的世界里隐隐存在。艾略特将神话和传说糅在现实世界中，作为他所要表达的象征意义的装载者，它们又是作品的骨架，覆盖着很多现实的肌肤，因此，神话人物便出现在现实世界上，他们走在大街上，花园里，泰晤士河边；而读者并不需要像古典或浪漫主义作品那样离开现实世界，飞入幻想世界与他们相遇。这是20世纪西方作家在运用神话和传说方面的一种发展。我国有着十分丰富的神话和民间传说的传统，在如何结合虚幻与现实问题上也可以做些新的尝试。

人物出现在诗中并非新事，在《荒原》中艾略特的新的尝试是：不将人物作为一个独立角色来描绘，而是从"人"与"环境"的关系方面考虑。因此，正像他自己所讲，《荒原》中的人物并非戏剧的角色，他们的出现是有助于完成对客观的描写，或对诗的某个主题思想的表达的。他们的作用不在于表现自己，而是表现客观的状态，可以说他们对诗的进展起一些环节作用，他们的功能是将诗向前推进，而不是要作为一个像《普洛弗洛克情歌》中的普洛弗洛克那样角色长存。正因为艾略特在《荒原》中是考虑人物对诗的发展的作用，才采用将几个人物当一种合成人物来使用的做法。人物的个性既然不主要，只要功能相同的人物就可以互相替换地使用。因此，阴阳家、叙述者（我）等都不是一个人，而是几个人合成的。

"拼贴"手法的使用在《荒原》中是大规模的。庞德对《荒原》的删节更突出了这种手法的特色。譬如,他在"四月是最残酷的月份"之前删去50行,使这句有冲击力的诗行赫然位于全诗的首行,增加了它的冲击效果。又譬如,在第三章"河的帐幕破裂了;树叶的最后手指／抓住,沉入潮湿的河岸",这样极富表达力的诗行前删去四十多行模仿新古典主义的诗行,因为它们不体现艾略特自己的风格,反如草蔓,遮盖了上述出色的诗句。庞德的删节使得诗中"碎片"的拼贴显出更醒目的轮廓,但也有人认为增加了诗的难度。

　　20世纪50年代美国当代诗歌从艾略特的20世纪玄学诗体系走出来了,重新请回艾略特同时代的另一大诗人威廉·卡洛斯·威廉斯,认为这位当时公开反对艾略特的诗论的诗人更能代表当前美国诗人的要求,于是另辟蹊径,开始了当代诗歌,但至今当代美国诗歌中尚未涌现一篇和《荒原》一样有广泛影响的作品。

　　*本文首次发表于《外国文学研究》,1984(3)。

约翰·阿胥伯莱,今天的艾略特?

美国的诗歌在20世纪初像海啸和狂飙一样将英语世界的诗歌卷入一个全新的境界。在庞德的理论的刺激下同时诞生了现代主义与后现代主义两条河流,正如我们的黄河、长江同时发源于青藏高原,它们经过一段同路后,各自分道扬镳。首先是在20世纪40年代美国现代主义诗歌有了像艾略特这样的丰碑式的诗人,而后在20世纪60—70年代美国后现代主义在威廉·卡洛斯·威廉斯的疾呼下呈现了一批出类拔萃的后现代主义诗人,其中最出色之一要算纽约诗派的约翰·阿胥伯莱(John Ashbery)。

长久以来人们在问,今天繁荣的美国诗坛有没有出一位能和艾略特的成就相抗衡的诗人呢?我猜想也许有人会举出罗伯特·罗维尔,或者黑山派诗人查尔斯·奥森。不错,他们都是威廉斯之后留下巨著的美国20世纪后半叶的大诗人,尤其是奥森，以他的634页的后现代主义巨著《马克西姆斯》（*The Maximus Poems*）和威廉斯的长篇《柏特森》相呼应。但当近年阿胥伯莱发表了《凸透镜中的自画像》和《波浪》后，我想从质量深度、气质、艺术成就方面，也许阿胥伯莱是美国20世纪80年代最接近现代主义诗人艾略特的造诣的后现代主义大诗人，事实上他的声誉也在一天天上升。

后现代主义诗歌要获得公众的充分肯定要比现代主义诗歌难得多，这就是为什么艾略特一露头角就能轰动欧洲，而威廉斯却饱受压抑，直到"二战"后才被诗坛认为是比艾略特更称得上是美国当代诗的奠基者。威廉斯与艾略特之间的诗歌理论擂台战也是现代主义诗歌与后现代主义诗歌之间的论战。比起现代主义诗歌，后现代主义由于其突破传统的要求更强烈，吸收20世纪现实生活的欲望更彻底，它所面对的诗歌美学形式的创新问题也就更严峻，因此，结果的季节来到得比现代主义诗歌要晚上半个世纪。没有一个诗歌运动能在其较圆满地解决"新"与"传统"的矛盾之前涌现出成熟的大作品。《荒原》在解决这种美学问题上，由于有法国象征派的努力在前，要容易得多，而威廉斯在《柏特森》诗中所做的后现代主义诗歌的尝试，由于震撼度太大，不容易立即被接受和做出反应。他所做的关于即兴创作的试验，大量吸收非诗歌题材、诗文穿插等激烈的风格革新，比艾略特在吸收弘扬传统的基础上的革新要困难得多。但在1950年以后，他的播种广泛地在当代诗人群中得到响应，几乎没有当代美国诗人不承认庞德—威廉斯所构成的后现代主义震波是当代美国诗的先驱。阿胥伯莱，不管其是否自觉，也正是这样一位实现了威廉斯的理想的先锋作家。

后现代主义艺术要求解决好下面一些难题：不断变换诗人自己的思维框架；在抽象和具体间不停地往返，连贯和破碎交替出现，相互补充。现代主义虽然也追求跳跃、联想，但诗人的思维框架在一首诗里却是不变的；虽然也强调抽象和具体结合，却没有到"没有意念，除非在物中"①的地步。因此，诗歌的主题之一，逻辑的连贯，语言结构的正常在现代主义诗歌中得到基本的保留，抽象的意念也可以脱离具体形象而单独出现在诗行中。而阿胥伯莱则打破了传统的这些有关主题、意象、逻辑、语言结构等方面的因袭。阿胥伯莱自己说"我是用一盘子意象招待读者"②。他的诗有时整首都是用暗喻的、非表述的语言写成，这些暗喻将最深邃的抽象思维也转换成具体

---

① 威廉斯在诗、文中多次提出这个观念："No idea but in things."
② John Ashbery：《滑冰者》。

的意象。因此，做到无意念，除非在物中。阿胥伯莱的诗艰深、难解的另一原因是阿胥伯莱是透过主观的凸透镜看世界的，他的思维的跳跃远离正常的逻辑轨道，却深受自身下意识、无意识的影响。他无意像艾略特那样追求非主格化，寻找什么客观对应物。他的诗艺引起了激烈的争论，有的评论家对他的作品嗤之以鼻，赞赏他的评论家说他的诗能将"生命之光转换成语言，又将语言转换成生命"①，很多读者能从他的诗中找到出乎意料的、突兀的、光芒耀眼的语言组合和意味难以穷尽的暗喻。

阿胥伯莱早年在哈佛大学等学府修英国文学。1955—1965年在巴黎求学及居留十年，在这期间他为巴黎版的《先锋论坛报》撰写艺术评介文章。1965—1972年为美国《艺术消息报》的执行编辑。目前在大学教写作，并为新闻周刊的艺术评论家。由于他从中学起就平行地发展了对绘画和诗歌的兴趣，他是一位具有艺术家洞悉物质外界的目光的诗人。他的诗中常有鲜明的画面，这些画面以断裂的鳞爪碎片穿插出现在诗行中，所用的语言成为驰骋于时空，打破感受中时间和地理的屏障的心灵的载体。它的动态超过了画布上颜色、线条、结构所能达

---

① Richard Howard：《和美国单独在一起》，23页。

到的运动效果。阿胥伯莱远非第一个将画融入诗内的诗人，威廉斯关于一堆绿色空瓶、一辆手推车、救火车等图诗，虽然为世人所传诵，但那是更像静物写生的诗图，而阿胥伯莱却是立足于变幻无穷的心态的凸透镜前看自己和世界，因此更具有立体艺术所特有的方位转移和交错感。他曾说："我的多数诗是关于经验的经验……我对于别的经验的兴趣不如对它如何渗透入'我'的这种经验大。我相信这也是大多数人的情况，我是想按照一天里我们头脑中发生的真实情况，记录下一份有普遍意义的抄本。"[①]从这段话看出阿胥伯莱不是一个世界本身的观察者，而是一位具有高度敏感的诗人，以异常刺激性的语言记录下世界对他内心的投影和震撼，这使得他的方向和以巨幅的诗卷记载诗人思维成长过程的华兹华斯有相似之处，但是华兹华斯，作为19世纪的浪漫主义诗人，他的自我意识中有更多的升华、净化，虽也流露内心的忧虑和困惑，但更多在追求超脱中压抑了那破坏自我和谐的刺耳心声；而阿胥伯莱作为接受宇宙人生充满不和谐和断裂的20世纪后现代派诗人，无意对自我进行升华和净化，相反，他所要记录的正是同时代人的碎裂感。他在他的《凸透镜中的自画像》和《波浪》两首长诗中充

---

① A. Poulin Jr.：《当代美国诗》，518页。

分显示了20世纪后半叶，也即后现代主义时期，西方的流行心态。华兹华斯曾被誉为19世纪的时代精神，那么从华兹华斯到阿胥伯莱，西方诗魂发生了重大的转变，这种转变是20世纪后半叶西方诗歌发展的一大特征。新的诗魂要求新的诗艺，这像一个新的星球轨道，读者如果不进入它的轨道，是无法接近它的。

阿胥伯莱的成熟和发展约进行了20年，他的早期诗集《一些树》中今天流传很广的一首是《说明书》（The Instruction Manual）。这首诗的主人翁从写枯燥的说明书的现实中跃入在墨西哥旅行的幻想，诗人用流畅而色彩鲜艳的文字描写幻想中的墨西哥风光，显示了艺术对诗人的影响。那首作为集名的诗《有些树》也表示了阿胥伯莱所特有的深邃的内心。树与树偶然成了近邻，正如人们之间相遇，缘分使他们相逢，尤其是恋人。他们相遇，彼此爱抚如树枝之间相接触，树的喧嚣是无声的、寂静的；树像画布，其上流过欢乐与深冬，人的岁月在迷茫、流动中默默地自卫着，发出树一般的语声。同诗集中另一首诗《画家》也是常被选入当代诗选集中。这首诗从单纯的语言写出画家对自然的神秘感。画家为了画海，而被海的神秘所困惑，几乎疯狂，不可自拔。处在面前物质的海和精神的、根本的海之间，画家无法在画布上捕捉到海的实质，他长时间地彷徨、徘徊在海滩上，受到邻近居民的嘲笑，而他的画布上始终是空白的。这困惑迫使他终于放弃了画海。诗歌的复杂转折发生在结尾时画家将自我与他的绘画对象——海等同了，当他完全无力画下海的肖像时，他就被海吞没了。这种对无限的自然的神秘感、人在自然面前的无能和通过被自然毁灭来解决困惑，是典型的后现代主义的反理性。对于阿胥伯莱来讲自然（广义的）的无限，不可知像一个莫测的深渊，对人类的智能提出挑战，终于吞噬了妄想掌握它的画家。

在这个时期阿胥伯莱还没有完全形成自己的风格，仍然接受传统的形式和诗艺，但他的诗思的胎动已经露出对封闭的形式的不耐烦，时而要突破传统，时而又容纳传统，形成风格上的不成熟，生涩、突兀。为了使新的形式成熟，阿胥伯莱在第二本诗集《网球场的誓言》里进行了大量的先锋创作的实践和试验。这本诗集在语言方面出现了突破传统的节奏感，写长诗行。阿胥伯莱共写了十一册诗集，还有戏剧。从《河流与山》以后逐渐成熟。《滑冰者》《凸透镜内的自画像》《波浪》给读者以不平凡的深邃感。像滑冰者一样，诗人联想起各种滑行：穿过想象的空间滑行在个人与集体之间；城市公寓生活与非洲野生动物保护区之间；恋旧、温情与对感情的虚假性的认识之间；甚至是非理性，下意识的混乱破碎与清醒的抒情之

　　　　　　　　下编　不可竭尽的魅力

间。诗人就像溜冰者一样穿梭在这些两极之间。阿胥伯莱在这首诗中写下他出没于有意识和无意识之间时的感受，这里有一句著名的诗："谁知道有多少被推入黑夜，又有多少得以重返。"这行关于无意识黑夜的诗成了评论家理查·郝威德（Richard Howard）论阿胥伯莱文章的标题。在这首诗内，阿胥伯莱在飘忽变化中对自己的心像进行了测绘。同诗中另一重要的诗句是："装满意象的头脑之盘"会在你面前摆下美食。像这类惊人的诗句给读者以极大的享受。阿胥伯莱的诗，在创作过程，很少考虑读者，多是痛快淋漓地表达诗人自身的感受，因此，透明的可理解度较差，读他的诗好像从磨光玻璃窗户看外面的风景，有一种似有似无，依稀可见，却又无法明确的美，有时也有大段的精彩的描述，如在非洲高山上看雨景等。总的说来，读者最好不要用逻辑分析来读这种诗，而是要用直觉的敏感，如盲人的手指，去摸那些奇特的意象，不是用眼睛，而是用心灵的敏感，想象的魔杖去打开这种诗的门。

《凸透镜中的自画像》是受一幅名画的启发写成的，在这幅画中画家将一面凸透镜所反映出的室内景象绘在半个木球上。阿胥伯莱用威廉斯所推崇的即兴体写了五百多行，其间有抒情也有十分具体的意象，用来表达非常抽象的思维。诗人描述凸透镜中画家被扭曲的面孔时问道：

> 白日的时间和光的密集
>
> 依附在脸上使它
>
> 生动并按照一个重返的曲度
>
> 完整地存在，灵魂建立了自身
>
> 但它能从眼睛里
>
> 游出多远而仍能
>
> 安全地回到巢内？

像这样对人身心关系的观察和惊人的意象（将心灵比作飞出鸟巢的鸟）比比皆是，使得诗流露诗人对人、内心、宇宙的沉思，达到令人叫绝的地步，给读者以异常兴奋的阅读经验。然而正像从一面凸透镜看世界，所有形象都在扭曲中泄露出它的暗含的本质。形象是不协调的。诗人指出宇宙中表里、空间的矛盾，形成无数误解。眼睛只承认表层现象的存在，但是整体的特点是变化："……整体只在 / 不稳定中稳定像我们这小球 / 立在一个真空的柱子上，一个乒乓球 / 在水柱上得到安宁。"诗人认为人们传统性的依恋于永恒的心态是错误的，在诗中用具体的意象给人们以启发、点悟。从这个角度来讲，阿胥伯莱的信念（变为实质）是属于后现代主义和后结构主义的。揭穿"恒定"的虚假是他的诗的一个重要主题。

《波浪》在文字方面更开朗，它和艾略特的《荒原》有相似之处。艾略特具体地写及社会和时代的"荒原"，阿胥伯莱却是从人们的心态折射20世纪后期工业文化所造成的社会荒原。他在创作过程中，不将外界的秩序和结构加诸内心，因此，他的诗比力求客观化、非人格化的艾略特的诗要背叛逻辑性和一贯的主题。

阿胥伯莱在1976年获得全美批评家奖、全国图书奖和普列策奖。对阿胥伯莱的研究在美国也正在展开。对于中国读者来说，要打开阿胥伯莱诗的宝箱，除了要在诗的逻辑性、连贯性、清晰度、可解度方面改变习惯性的想法之外，还要特别发挥读者想象力的适应力。对于像阿胥伯莱诗的立体结构，时空的错位杂陈，要有能力去配合，读者的想象力就是舞蹈者的足尖，它必须随着作品的节奏旋转、跳跃。古典诗歌和浪漫主义诗歌的结构和节奏是我们所熟悉的，因此，想象力和这类作品的合舞会是较顺利的，但当我们有这种节奏和结构感先入为主，就很难和阿胥伯莱一同进入他的诗的复杂结构和与他一起进出那些突然转变的时空。他的《这些湖畔城》就是一首由碎裂的意象拼贴成的诗。这首诗的第二节或许能给我们一些关于这首诗的拼贴结构的概念：

> 它们出现了，直至一个指挥塔
>
> 控制着天空，用巧妙浸入过去
>
> 寻找天鹅和烛尖似的树的枝条
>
> 燃烧着，直到一切仇恨者变成无用的爱。

在这节里时间显然是现在与过去的重叠，恨与爱也是重叠的，今天的指挥塔与过去的天鹅、树枝是重影，这样就形成了立体主义的结构和打破时空秩序的拼贴、重影。读者如果能够在想象中看到这样一幅图画，就可能走进这首诗。在诗的第一节诗人说湖畔城是一个概念的产物，这就是："人是可怕的"，第二节中这种可怕、仇恨通过燃烧变成"无用的爱"。也许一切都不能使世界的阴暗扭转过来，所以是无用的。燃烧是在寻找过去中进行的，过去的优美和爱是用无邪的天鹅和燃烧着的树枝做符号，然而仇恨虽然被转变成"爱"，但对今天的世界爱是无用的。而湖畔城对过去的寻找也只是巧妙的举动，并非真诚的。在这四行诗里诗人也发挥了字的联想力。"浸入"两个字引进天鹅在湖水中将首颈浸入水中的形象，而"烛尖"（tapering）一字本含有一端纤细如烛尖的意思，这里用蜡烛这个概念引进"燃烧"的概念，燃烧着的树枝又有黄昏夕阳中树枝的形象，这样就使得这几行诗同时映现几个色彩丰富的重叠的形象，给读者以美的享受。所以只要读者放弃习惯的时空秩序就可以经验到一种不清晰中的多层次的美和丰富。在很少的字中传达丰富的感觉经验是阿胥伯莱独到的艺术，显然这和他对现代艺术的理解、欣赏有关。立体主义进入画后在一个时空中捕捉多个时空的能力已经成熟了，但在诗歌，这只有由定型的黑字组成的文字中，这种尝试是大胆而可贵的。阿胥伯莱的尝试使得诗人不再羡慕画家的自由，而且意识到文字的联想力所触发的色彩，形象也许比线条、面积更丰富，而且更富动态。譬如，在空虚无聊的下午，你觉得"那些人像灯塔样飞过你的身边"这句诗在读者的脑海里很快就形成一幅充满了动态的画：一群灯塔相接地飞过你的身边，它们谁也没有注意到你的存在，你的孤寂感因此加深。但如果在油布上画出这样一幅画，那种飘浮如烟云的缥缈动态和寂寞感未必能传达得如此充分。将模糊潜藏的心态用画面在诗中表现出来是阿胥伯莱的一大艺术，这点是恐怕超过了艾略特对人物内心的刻画。他所写的内心永远是动的、变幻的、转换的，因为他已经摆脱了常规的时空秩序和有"中心"的意识的束缚，这是后现代主义受解构主义思想的启发，在艺术上的新发展，阿胥伯莱在这方面的尝试得到很大的成功，这使得他在诗坛受到愈来愈多的注意。阿胥伯莱称得上是今天的艾略特吗？

*本文首次发表于《外国文学》，1990（4）。

附：约翰·阿胥伯莱三首诗赏析

这些湖畔城

这些湖畔城，从诅咒中长出，
变成善忘的东西，虽然对历史有气。
它们是概念的产物：譬如说，人是可怕的。
虽然这只是一例。

它们出现了，直至一个指挥塔
控制着天空，用巧妙浸入过去
寻找天鹅和烛尖似的树的枝条
燃烧着，直到一切仇恨者变成无用的爱。

那时你留下来陪伴关于自己的意念

还有午后愈来愈强烈的空虚感

它必须被发泄向别人的窘迫

那些人像灯塔样飞过你的身边

夜是一个站岗的哨兵

你的时间至今多半用来玩创造性的游戏

但我们有一个为你拟好的全面计划

譬如说把你送到沙漠的中心

或者狂暴的大海，或将他人的接近作为你的空气

将你压回一场惊醒了的梦，

好像海风抚摸着孩子的脸。

但"过去"已经在这里，你在孵育自己的计划。

最坏的情况还没有结束，但我知道

你在这里会幸福的，这因为你的处境

的逻辑可不是什么气候能耍弄的

有时温柔、有时飘逸，对吧。

你建立了一座山样的建筑物，

沉思地将你全部精力倾注入这纪念碑

它的风是使花瓣硬朗的欲望

它的失望喷发成泪水的长虹。

　　欣赏阿胥伯莱的诗必须改变我们所习惯的欣赏途径，即对词意的确切性，思路的逻辑性的古典赏析标准。阿胥伯莱是一位受先锋派艺术思潮很大的影响的诗人，他长期为艺术欣赏评论栏的编辑及撰稿人，因此，他的诗作深受现代西方绘画的影响，可以说他是用文字，而不是颜色和线条，来绘画的诗人。他曾说："我的诗多数是关于经验的经验……那具体的经验对我的兴趣吸引远不如它如何渗入我的身心来得大。"所以，阿胥伯莱的诗是写生活经验如何被诗人感受的过程，也就是"关于经验的经验"。既然是主观感受的过程，它的特点必然是断续、跳跃、不完整、含混。《这些湖畔城》是他的中期的作品，相对来说仍保留一定的内在逻辑秩序，感情色彩也不如后期作品那么冷峻，而带有一定的浪漫主义的暖色调。这首诗虽非诗人最杰出的作品，但因它的总体已能说明诗人的风格，且容易为我国读者所接受，对它进行一些剖析也是有意义的。

　　诗的外形很古典，四行一节，共七节，与后期的开放式大有区别，但较开放式更有艺术凝练的美。第一节的中心思想是这些湖畔城，作为当代社会的一部分，是和过去矛盾的产物，在这矛盾中古典精神和现代精神发生了不协调，引起概念的混乱，而历史是在"人是可怕的"这一种概念中进展，产生了现代文明。第二节是现代文明对过去的依恋，但并不能从中获得什么生命力，只不过陷入"无用的爱"。第三节写现代生活中人际关系的淡漠和自我意识的强烈。第四节、第五节写客观与主观之间的矛盾，第六节、第七节写个人意愿的实现但并不幸福。

上面是对诗的结构极其粗略的概括，但要欣赏这首诗却远远不能停留在这种概念分析上，甚至在阅读时最好忘记这种概括，而让敏感去品味诗的极为丰富、复杂、矛盾、交错的情调。

湖畔城的诞生、成长是从诅咒走向遗忘，但对历史仍很愤怒。这就是现代都市文明所造成的人们的心态，归结起来："人是可怕的。"这首诗的头两节充满了历史感。人们对今昔的感情也是复杂的，今天的强大的物质文明控制了天空，但却又渴望保留昔日的优美情调。天鹅和烛光似的树枝作为昔日的自然的符号唤起了无限惆怅，诗人在用词的联想上有着惊人的艺术，如用"tapering"一字形容树枝，既有树枝尖端纤细的意思，又有taper（蜡烛）的意思，因此，与下一行中"燃烧着"的概念相衔接，同时燃烧着的树枝在人们的头脑里唤醒了一幅落日余晖中的树景。多层次地使用词句、意象，使这两行诗得到多维的丰富内容正是阿胥伯莱从现代绘画中学到的艺术，用在诗歌创作上，增加了文字的变幻、流动，突破字意的单一给诗歌语言带来的局限性，诗人能像画家创造线条形状、色调样创造诗语正是当代西方诗人所追求的艺术。

阿胥伯莱以具体暗喻表达意念的才能也是惊人的，"人像灯塔样飞过你的身边"就是一例。人际关系的不稳定，偶然、疏远、社会给人的异化感全在这个暗喻中了。"花瓣"变硬并不意味着更美，因此，"欲望"未必是好的，长虹由泪水形成虽然美却是痛苦的，这些暗喻所表达的人生滋味真是不易言传的。只有由读者自己去慢慢体会，这也是阿胥伯莱的诗耐人寻味之处。

乡村的傍晚

我仍然完全愉快

我已抛弃进一步取胜的决心，

而被升起的太阳装满兴奋

鸟们、树林、房屋这些不过是一个个车站

为我体内那生命的新迹象所设置

它很晚才结束

在日落之后，当黑暗降临

在四周的田野和山峦上。

但如果呼吸能杀伤，那就不会有

这样一个舒服日子，人们被关闭在

烟囱群和城市的腐败中

现在当我带着疑问和爱慕，将目光

投向那堂皇的边远岗哨，

我对于这些幻想的纪念物不那么感到自在

像我向遥远的田庄旅行时那样，

那幻影沉入每件东西的有效"生命"中，

树桩或矮树丛，它们引我

走入不动的探索，

探讨一件东西可以多么密集

多么轻，这些在开始前就结束了

使得我恢复了精神，更年轻一些。

夜布置了可畏的军队

防御这些军情

一万多戴头盔的步兵

一个西班牙大船队排列在天边，全都

绝对静止，一直到出击时刻。

但我想没有什么好说的，或好做的，

这些事情最后能照看自己

用休息、新鲜空气、户外和很好的瞭望，

所以我们可以不管这些，转而注意

我们所关心的内容。这是：

目前危险已过，你是否已开始

进入你现在感触到的境界？

光落在你的肩上，像它习惯的那样

那净化的程序愉快地进行着，

没有阻拦，但那动作开始了吗

开始振动你的头脑，向屋子铺满尘埃的

角落里送来焦虑的光线

最终射出，洒满在星辰中的风景

并开始爆发，因为除此之外我们一无所知

空间是一个棺材，天空将会熄灯。

我看出你渴望它成为

我们可参与的那种状况，如果它

能擦身而过！

这盖上了印章，证明你的尝试的成败

这种知识还在增长

我们可能留在这里，谨慎地

但自在地在边缘上，当它

滚着它那不眨眼的马车

进入那巨大的开口，那难以相信的

暴力和喷出的

混乱，那是我们的道路

　　这是一首充满复杂而即兴的、联想的诗。从开头到"使得我恢复了精神，更年轻一些"，主调是肃穆的沉思，诗人和傍晚乡村的自然风景默默交流，抛弃开城市的"烟囱群和腐败"，而走向人对一石、一木的探索。但是很快这种颇有华兹华斯意味的与自然交流就被某种潜在危机所打扰，夜包含着危险，好像布置了可畏的军队。这里所说的是诗人内心的危机，在度过这种危机之后，诗人又寻找一种极乐的境界"最终射出，洒满在星辰中的风景"。这种寻求自然很困难，因为除了自己的尘埃铺满各个角落的屋子之外诗人对客观一无所知，"空间是一个棺材，天空将会熄灯"。这里说出对人类所拥有的知识的怀疑，而太阳驶着它不眨眼的马车进入那巨大的开口，它放射出的力和混乱却是人类必须经由的道路，这首诗虽然以较古典的感情开始，抒发对田园的感受，但很快就转入现代的迷惘和危机四伏的不安全感。虽然竭力追求内心的净化和平静却终于承认人类的命运是面对混乱。走出了往昔诗人们对自然的错觉，因此，更反映当代人的冷隽心态。

诗人并不是记录一次傍晚在乡村散步时的具体经验，而是记录下这次散步时"经验的经验"，因此诗中的一些意象如军舰、落在肩上的光、铺满尘埃的屋子角落，以及洒满在星辰中的风景等都不是具体的事物，而是诗人心灵中的幻象，暗喻着的内心的变幻。由于要突破一种封闭感和内心的窒息，空间成了一具棺材。这其间显示出诗人捕捉自己内心的浮光掠影，将其转换成诗的暗喻的才能，读这首诗，读者被引入的地方不是傍晚的乡村，而是诗人心灵的幽秘的角落。这正是当代西方诗的一种特点：显露给读者诗人自己内心的深处，那里的风景不全是美的。

街头音乐家

一个死了，另一个活着，他的
灵魂被生生地拧走，踟躇街头
穿着自己的"身份"像裹着件大衣，
日复一日那同样的街头，油量表、阴影

在树下。比任何人被召唤向更远的地方

穿过日益增加的都市风度

和举止，当秋色落向一切：

豪华的落叶，推车里的破烂

属于一个无名的家族，被排挤到

昨天和今天这步田地。一个瞪着眼

瞧另一个打算干什么，终于露了馅，

于是他们彼此相仇视，又相遗忘。

所以，我摇着、抚慰着这只普通的提琴，

它只知道那些人们忘记了的流行曲调

但坚持它能将一段无味的叠句

自由发挥。十一月里这一年翻转着身子

日子间的空隙更明确，

骨头上的肉更明显。

我们关于根的地方何在的问题

像烟雾样飘悬：我们如何在松林野餐，

在岩洞中，有流水不断地渗出

留下我们的垃圾、精子、粪便，

到处都是，污染了风景，造成我们可能达到的模样。

显然对往昔的怀念，对人类文明所带来的对自然的污染的反感是这首诗的内容。但由于通过对一位街头音乐家的刻画，又使人联想起奥地利诗人里尔克所曾做过的系列人物描绘。用人来表达时代、文化、民族情绪。人是时代的建筑，正像楼房一样，这是一部分诗人和画家共同的艺术活动，诗和雕刻、建筑一样打通了时间和空间，内在和外在，否则就不会有生命力。雕刻、建筑要能通过空间捕捉到流动的时间（罗丹就这样做了），一首诗则需要通过流动的时间，心灵的感觉，映出凝冻的空间：形态。街头音乐家正如里尔克的许多诗歌人像，做到了这点。

　　这首诗在动词的使用上特别传神，生离死别是那活着的不幸者"灵魂被生生地拧走"。一个街头音乐家，一无所有，走到哪里都只有自己的身份："穿着自己的'身份'像裹着件大衣。"近年终，"十一月里这一年翻转着身子"。

　　诗的第二段，思虑密布，在流行曲的叠句的不断变化中诗人写出对时间流逝的感慨，对现代文明的野蛮（破坏自然）的愤懑，至于"根"的问题则始终悬疑："像烟雾样飘悬。"第二节中时间、历史、文化的动感很强，而第一节更多是一幅凝冻在空间中的人物画像和他的四周街头背景。这里诗人做到结合了画的静止与诗的流动，形象的鲜明凸显和诗思的无穷流动，因此发挥了诗和画的各自功能，以秋色正浓的街头，一位流浪音乐家的画像捕捉到时代的心态和历史遗留下的疑问。

罗伯特·布莱三首诗赏析

　　美国当代诗人罗伯特·布莱（Robert Bly，1926—　　）的诗从主题上讲主要有两大类：一种是反对侵略战争，抨击西方文化中不利人们心灵发展的成分。在美国发动侵越战争的年代里，布莱是反战活动家，经常举行诗朗诵，宣传和平反战。另一种诗是关于人在与自然和朴素的农业生活接触后所产生的抒情与哲学境界。在这方面他经常引入李白、杜甫、陶渊明等我国诗人的诗句以丰富自己的意境。布莱的这两类诗之间并不是没有联系的，正如布莱所特别敬仰的西班牙语诗人聂鲁达、加西亚·洛尔卡等。布莱的政治敏感和强烈的正义感是他的道德本质。在写抒情诗（不是政治诗）时，这些品质就升华成具有20世纪特色的抒情哲理风格。因此，虽然我们在布莱的诗中找到大量的关于自然风景的描写，田园生活的写照，但他所寓于这些田园素材的情感、境界、哲理却是传统田园诗人所不具有的。他在海豹之死里看到人类污染大自然，造成对宇宙犯罪，是一种为天地所不容的不道德行为。这类强烈的道德感，是20世纪西方田园诗人所特有的情感。

从诗学的角度看，布莱和许多艾略特时代以后的英美诗人一样，更要求摆脱学院派的束缚，在格式上打破抑扬格的统治，强调自由体。在意象的运用上更多借鉴聂鲁达的现代感性色彩和北欧的沉郁，而不同于庞德和艾略特的优美，智性，沙龙意识。布莱又主张通过翻译拉美、北欧等富有强烈生命力的诗作来充实美国的新诗创作，并与欧洲文化传统相抗衡。对于布莱等诗人来讲，欧洲的文化血液如同老年人的血液，对布莱所强调的"新的想象力"起某种束缚作用。因此他翻译了大量的这类富有现当代色彩的西班牙语、北欧语及德、法语诗歌，对发展美国新诗起了很大的作用。除了办有以50、60、70年代为名的刊物评介诗歌之外，布莱共出版了十二册诗集，1968年获美全国诗歌奖，这些都奠定了他被公认的当代美国大诗人之一的地位。

他于1984年1月《纽约时报图书评论》发表《寻找美国的诗神》，这文章说，他在大学读书时读到了一首叶芝的诗，"认识到一首短短的简单的诗能容下历史、音乐、心理学、宗教思想和情绪、神秘的臆测及一个人所遇到的人物和事情。一首诗事实上可以是一种营养液，那种我们用来养活阿米巴微生物的液体。如果配制得当，一首诗可以使一个意象，一个思想或一个历史观点，一种心灵状态和我们的欲望及缥缈的冲动存活好几年"。文章还说："任何一种艺术形式，如果长期为人们所钻研，就会逐渐显示出它内蕴的尊严、秘密的思想及它和其他艺术形成的联系。它需要你不断以更多的劳动来侍奉它。我最终理解到诗是一种舞蹈。我也许不会跳舞，但我理解它。"

傍晚令人吃惊

在我们附近有人们不知道的动乱
浪潮就在山那边拍击着湖岸
树上栖满我们不曾看见的鸟儿
渔网装满着黑鱼，沉甸甸地下坠。

傍晚来到，一抬眼，它就在那里，
它穿过星星之网而来，
透过草叶的薄膜而来，
静静地踏着水波，这庇护的庙堂。

白昼永无休止，我这么想：

我们有为白昼的亮光而存在的头发；

但最终黑夜的平静水面将上升

而我们的皮肤，像在水下，将看得很远。

　　布莱在这首诗中充分体现了诗人的诗歌观。这就是诗歌应当恢复在人类文明的长长演变过程中逐渐失去了的人和自然的内在联系。他将世界的诗歌分成关于"人的消息的诗"和"宇宙的消息的诗"，前者以人的理性为主，后者则以诗人的敏感和宇宙、大自然交流。《傍晚令人吃惊》显然是后者。

　　第一节正是写的是诗人与他所无法知道，但强烈地感觉到其存在的自然环境之间的联系。"不知道的动乱"原文是"unknown dust"，是一种多义的词语。这里所以选译为"不知道的动乱"取其有运动感，并且是我们所不理解的运动，是一种冥冥中进行的动乱。这样与第二行的浪潮，第三行的看不见的鸟群，第四行的满网的黑鱼组成一个包围着人们，充满了神秘运动，不为人们所理解，但时时被人们意识到的自然世界，它"沉甸甸地"，不可见，却又在冥冥中影响着我们的存在。布莱强调人的意识必须和宇宙的意识沟通，否则人只能陷于自己日趋狭窄的意识中，这种追求与自然、宇宙通信息，进行心灵交流的意愿形成20世纪60—80年代美国诗歌中很有特色的一个流派，他们多喜爱东方（印度、中国、日本）诗歌中诗人与自然交流的诗。布莱就曾以陶渊明的诗句作为自己一本诗集的名字。

在本诗的第二、三段诗人是借写傍晚的到来表达一种自然的力量进入诗人内心时的感受，它来自遥远的宇宙，因此"它穿过星星之网而来"，但它也早已在我们身边，脚下，因此，"透过草叶的薄膜而来"，这是写自然的力量无所不在，当我们意识到它的存在时，我们感到"吃惊"，这种和自然交流之感不是每一分钟都有的，因此，它的到来给我们神奇之感。这种对大自然的存在的吃惊，也曾使陶渊明"欲辨已忘言"。

诗的第三段很具体地写出人永远是自然的一部分，白昼时，"我们有为白昼的亮光而存在的头发"，当黑夜如平静的水面淹没一切时，"而我们的皮肤，像在水下，将看得很远"。这样就是说，人永远和自然息息相关。自然包含白昼和黑夜。当明朗和晦暗的不同情况交替发生时，人们都能不断地和自然联系。黑夜、黑色的鱼，都是意味着自然神秘，不为人知的一面，这也包括人自己的无意识的领域，那充满活力但不完全为理性所掌握的人的性灵的一面。

布莱是美国诗人中非常重视境界的一位，他在这方面有很多和东方诗人相通的地方，在物质力量威慑着人们心灵自由的今日西方文化中，布莱的反抗和追求是有代表性的，他和很多西方诗人都希望通过和自然交流而解放被商业化的社会窒息的诗人的心灵，使它豁达，而能通宇宙、与天地对话，以抵制汽车文化、电视商业化等力量带给它的萎缩和衰退。

湖上夜钓

有人在船屋里留下一盏灯，
为了引导夜间返航的渔民。
灯火寂然无声地向我们倾注，
飞过湖波像一个翅膀的蝴蝶，
它的途径是满船的垂死者，挣扎着
要在破碎的波光中复活。

而那光
只是来到了，却没有带来礼物，
好像骆驼到了，却没有智慧的博士。
它这样稳定，将我们维系向山上的老家。
现在我们望着月亮升上白杨林
它也来得那么利索

它透过切木屋四周的木板

我们却打开门才穿过那个篱墙。

　　这首诗是对湖上夜景的抒情和内心矛盾复杂心情的交错表现，情调抑郁，思维却激动活跃。

　　这显然是一个沉寂的夜晚，湖上悄然，只有一盏灯，从船屋里向黑暗中的湖面投射光亮，虽然主人的初意是引导夜间返航的渔民，但灯光却像只有一只翅膀的蝴蝶，跌跌撞撞地挣扎，这时诗人看到的幻象是"满船的垂死者，挣扎着／要在破碎的波光中复活"。诗从希望跌向低沉，恐惧的幻象说明了诗人内心的压抑。渔民的复活没有希望，因为灯光没有带"礼物"。这时月亮出来了，打破了湖上的沉闷的黑暗，诗人可能在锯木的小屋里，他看见"月亮升上白杨林"，月光显然为诗中的风景带来积极的因素，想象月光扫清黑暗时人们心情的顿然振奋，但是诗人又感慨地想到人生并不这么轻松地征服困难，像月亮利索地穿透木屋的板墙，进入黑暗的小屋，诗人意味深长地说："我们却打开门才穿过那个篱墙。"这几乎是一句禅语，"门"和"篱墙"自然都满载着象征意义的暗喻。人的笨拙和月光的自由对比，发出震撼思维的撞击，使读者在猛击一掌之下悟到丰富而难以言传的至理。

在平凡的遭遇中看到不平凡的至理。并且通过诗传送给读者。这是诗歌对悟性的启发，"悟"要求读者自己去寻找，因此不是教条，不是灌输，这正是诗歌艺术的超越，至于读者的体会有多深这就要看自己的素养了，也许同一位读者在人生的不同时刻对同一首诗的同一诗行有不同程度的解悟，譬如，对这首诗的结尾。

黑暗与光，有"礼物"的光，和没有礼物的光能自由地穿过木板墙的月光，和必须通过门才能摆脱围困的人，这些相矛盾的力量在诗中的交错出现，使这首诗有一个复杂的文本，虽然它的文字表层平静如夜晚的湖面。布莱的诗艺正在于暗示在平凡而宁静的表面下存在的深沉的复杂。

雪困

这是下雪的第三天，电，从昨天起就没有了。马匹待在牲口棚里。四点钟时我离开屋子，半身陷在雪里，推开书房的门，雪落进屋里。我坐在书桌前，有一盆花开了。

上层的花瓣是橘红色，下层的是淡色的，好像浓烈的强度向上走。两片花瓣像农村孩子的两个耳朵，一边支棱一个。

花朵面对着窗户，外面雪以每小时四十英里的速度扫过……因此两种温柔相互凝视，两个海洋存在于同一性格水平上，这是比我的天性更坚强的性情……但在它们中都有着同一种"承受"的要求，渴望被风吹，被撼摇，螺旋式缓缓上升，或下沉到根里……一个冷，一个热，但没有一个愿意按照几何图形一层层上升，或者托着一个长着野草的屋顶，那里有铜制的龙，鼻孔里可以流出雨水……

所以雪和橘红的花朵组成同一洪流，那是从泥上中来，底层中来，不需要戒律，文明，客厅（那是用羊角榔头从平地盖起的），而是只要有其中之一在场，或者两者都在，就很自在了。这洪流也寓居在木头块里和在烟火袅绕中支出底角的熏黑了的骨头里。

一个男人和一个女人紧挨着静坐。在雪暴里我们身后的几百万年似乎靠得近了，没有什么是遗失了的，或被拒绝接受的，我们的身体和雪暴一样充满精力，它准备彻夜歌唱，欢迎一切愿意歌唱着进入我们体内的都进来。

这是布莱所擅长的散文诗中的一篇。散文诗是在内在结构上属于诗，而文字则是散文的。什么是诗的内在结构？简单地说就是诗的思路的跳跃、突兀；转折的非逻辑；突破时空的秩序等叙述文学所没有的特点，当这种结构成为一篇散文的骨骼，就产生了散文诗，这种诗的结构在现当代文学中有时和小说、戏剧结合成了现代、当代文学的新品种。

《雪困》开头很写实，给人以明尼苏达州雪景的感受。突兀开始于第三段，继续发展了第二段"好像浓烈的强度向上走"这个主题。第三段将雪所蕴含的坚强甚至暴力的温柔与室内橘红色花朵的温柔连在一起："因此两种温柔相互凝视，两个海洋存在于同一性格水平上"，"但在它们中都有着同一种'承受'的要求"，冒着严寒开放在桌前的花朵和外面每小时四十英里的雪都"渴望被风吹，被撼摇，螺旋式缓缓上升（指花的浓度——笔者注），或下沉到根里（指雪的降落——笔者注）……一个冷，一个热……"第四段更点明了诗人的主导思维："所以雪和橘红的花朵组成同一洪流，那是从泥土中来，底层中来，不需要戒律，文明，客厅……"布莱再一次在"文明"与自然对立时选择了自然的丰富和力所组成的"洪流"，而这洪流在木头块和被烟烧焦的骨头里也存在。骨头被火焚后也许是指遭遇不幸的人畜，因此在无声的生命（木头）和死亡了的生命（骨头）中也仍存在自然的这种洪流。

在雪暴的面前"人"是怎样加入这场自然的洪流呢，布莱总是敏感地悟到人是自然的一部分，因此，在《雪困》的最后四行出现了一个男人和一个女人紧挨着静坐的画面，这就是布莱笔下的亚当和夏娃，在今天他们说："在雪暴里我们身后的几百万年似乎靠得近了，没有什么是遗失了的，或被拒绝接受的。"文明没有破坏他们和自然的原始关系，因此他们恢复了"精力"，准备歌颂，而且拥抱一切愿意和他们一起歌唱着"进入我们体内的"人。所谓"进入体内"是说心灵和肉体的再统一，当大雪将他们围困着时他们恢复了和自然的亲密关系，也恢复了灵魂和肉体的平衡，这是一首记载了诗人刹那间和自然恢复了和谐的关系的体会的诗。

国家新闻出版广电总局
首届向全国推荐中华优秀传统文化普及图书

‖ 大家小书书目

出版说明

　　"大家小书"多是一代大家的经典著作，在还属于手抄的著述年代里，每个字都是经过作者精琢细磨之后所拣选的。为尊重作者写作习惯和遣词风格、尊重语言文字自身发展流变的规律，为读者提供一个可靠的版本，"大家小书"对于已经经典化的作品不进行现代汉语的规范化处理。

　　提请读者特别注意。

文津出版社